LA PASSION D'EDITH S.

MARYSE WOLINSKI

LA PASSION D'EDITH S.

roman

ÉDITIONS DU SEUIL
25, bd Romain-Rolland, Paris XIVᵉ

ISBN 978-2-02-112142-1

© Éditions du Seuil, février 2014

Le Code de la propriété intellectuelle interdit les copies ou reproductions destinées à une utilisation collective. Toute représentation ou reproduction intégrale ou partielle faite par quelque procédé que ce soit, sans le consentement de l'auteur ou de ses ayants cause, est illicite et constitue une contrefaçon sanctionnée par les articles L.335-2 et suivants du Code de la propriété intellectuelle.

www.seuil.com

Quand, le jour, le zénith et le lointain
S'écoulent, bleus, dans l'infini,
Quand, la nuit, le poids écrasant des astres
Clôt la voûte céleste
Au vert, à la multitude des couleurs,
Un cœur pur puise sa force.
Et aussi bien le haut que le bas
Enrichissent le noble esprit.

GOETHE
(*Poésies*, *Des origines au voyage en Italie*,
trad. Roger Ayrault, Aubier)

Elle porte l'étoile sur un chemisier aux manches relevées, et un pantalon d'homme à larges revers qui flotte sur ses jambes maigres. Ses cheveux sont ramassés en un chignon désordonné. Dès qu'elle est montée dans le camion, poussée par un SS, au premier coup d'œil, elle a reconnu Edith. Elle l'a regardée avec étonnement et insistance. Puis elle a attendu que le camion s'ébranle.

– Edith Stein !

Surprise, Edith lui répond d'un sourire contraint.

– Mais cet… cet accoutrement ne colle pas avec mon souvenir, poursuit-elle. J'ai vécu quinze ans de ma vie dans une chambre où une photo de vous était punaisée au mur.

Après un silence, elle se met à observer ceux qui, comme elle, et comme Edith, ont été embarqués dans le convoi.

– Comment on va se sortir de là ? questionne-t-elle. Ces salauds m'ont piégée. Comme vous, comme eux, sans doute.

Elle désigne ceux qui les entourent. Edith hoche la tête en signe d'acquiescement.

– Je m'attendais à tout sauf à me retrouver en face d'Edith Stein ! Surtout pas en religieuse. Étudiante, je me suis enthousiasmée pour une femme politique, une féministe, une philosophe.

Il y a de l'amertume dans ses paroles.

– Je m'appelle Hannah Herder.

Elle s'efforce de tendre la main à Edith malgré la cohue.

– Il n'y a pas si longtemps, je me demandais ce que vous étiez devenue. Maintenant, j'ai la réponse. Convertie et religieuse...

– Carmélite, lui répond Edith, tandis que sa sœur, Rosa, lui fait signe de se taire.

– Alors, pourquoi nous retrouver dans ce convoi ?

– Parce que je suis juive, fait Edith, montrant l'étoile sur son habit conventuel.

Le camion pile, et dans le chaos ambiant elles sont séparées. Rosa en profite pour chuchoter à Edith de ne pas se faire remarquer et de ne plus répondre aux questions de cette femme qui l'a abordée. Quand le camion repart, Hannah Herder se glisse à nouveau dans la foule afin de se rapprocher d'Edith. Celle-ci songe que, depuis sa dernière rencontre avec Ernst Ludwig Biberstein, son neveu, elle n'a plus jamais été confrontée à une remise en question de sa conversion et de son engagement. Son arrestation par les SS la replonge dans un monde disparu derrière le cloître du Carmel.

Ce 4 août 1942, avant d'embarquer dans le camion, Edith a levé les yeux en direction du ciel, où le soleil tentait de percer quelques lambeaux de nuages, dernière image qu'elle gardera d'Echt, la petite ville de la province du Limbourg où elle a trouvé refuge après la Nuit de cristal de novembre 1938, quittant le Carmel de Cologne-Lindenthal par crainte de porter préjudice à la prieure et aux autres religieuses.

Le camion a roulé à travers les Pays-Bas pendant des heures durant lesquelles Hannah n'a cessé de questionner Edith ou de se raconter, et cela malgré les vains stratagèmes de Rosa. Ainsi Edith a-t-elle appris qu'Hannah Herder est journaliste, originaire du Palatinat, et réfugiée aux Pays-Bas après une série d'articles provocateurs contre la politique antisémite de Hitler.

Son allure tranche sur cette foule d'hommes, de femmes, d'enfants serrés les uns contre les autres, hagards, n'osant s'interroger sur la destination du convoi. Ils ont été arrachés à leur maison, à leurs occupations, à leur vie, comme Edith et sa sœur Rosa, enlevées au Carmel d'Echt, comme Hannah, embarquée à la sortie du journal hollandais où elle venait de se faire embaucher, comme Ruth Kantorowicz, l'amie de Breslau, ou encore Alice Reis, la filleule d'Edith, toutes deux sorties de leur couvent par des SS et retrouvées dans la file de ceux qui viennent d'être arrêtés.

À l'arrivée, ils ont tous été débarqués dans le camp d'Amersfoort. Durant le parcours, Hannah, qui a enquêté sur les agissements de la Gestapo dans le pays, a prévenu Edith et Rosa qu'aux Pays-Bas trois camps sont destinés aux juifs. Amersfoort est un lieu de rassemblement.

– Et après Amersfoort ? questionne Rosa.

– Probablement, il y aura un tri et nous serons conduits dans un camp de travail jusqu'à...

Apercevant un jeune garçon qui l'écoute, elle s'interrompt.

– Ce petit, à quoi vont-ils l'employer ? dit-elle, sarcastique.

– Un camp de travail ? interroge Rosa. Mais pour faire quoi ?

- À moins de s'enfuir, pour moi, il n'y a plus aucun espoir, lâche Hannah.

– Plus d'espoir ? reprend Rosa, interrogeant sa sœur du regard.

– Ne perdons pas courage, gardons l'espoir, suggère Edith.

– Edith a raison, l'espérance... renchérit Alice.

Hannah porte sur elles un regard interrogateur.

– Fuir, voilà mon espoir ! répète Hannah.

– Ils vous tireront dessus, intervient Ruth, restée jusque-là silencieuse.

Autour d'elles, ce n'est que bourdonnement de paroles désespérées et cris d'enfants apeurés.

À l'arrivée à Amersfoort, on leur a ordonné de se mettre en file après être descendus du camion.

Le camp s'étend sur des kilomètres. On aperçoit au loin des baraquements et tout autour des miradors. Un soleil de plomb tombe sur les différents groupes qui ont été formés. Hannah n'a pas quitté les sœurs Stein. Des heures d'attente plus tard, alors que tous sont en sueur, ils doivent courir jusqu'au centre du camp. Observant Rosa, tremblante de peur, Hannah s'est emparée de son bras et de son sac, et l'a aidée à gagner l'endroit indiqué. De son côté, Edith a pris la main de deux petites filles dont la mère porte une lourde valise. Là, deux hommes ont été désignés et un troisième s'est proposé pour distribuer de l'eau. Certains ont emporté des gobelets, d'autres boivent dans le creux de leurs mains. Puis, il y a une nouvelle attente et, à la nuit tombante, une cinquantaine d'entre eux ont reçu l'ordre de rejoindre un nouveau camion qui roule longtemps avant d'arriver à destination.

En pleine nuit, ils sont débarqués dans un autre camp entouré de barbelés qui serpentent entre les nombreux baraquements. Au loin, une voix sortie d'un haut-parleur s'élève : « Vous êtes à Westerbork où vous trouverez une école pour vos enfants, une synagogue pour prier, un restaurant pour vous nourrir, et même des activités culturelles pour vous distraire. »

– De quoi nous rassurer et éloigner nos soupçons sur ce qui nous attend, chuchote Hannah à l'oreille d'Edith.

– Vous croyez que nous allons rester ici ? demande à Edith la femme à la valise venue récupérer ses deux petites filles.

Edith ne répondant pas, elle ajoute :

– Ce n'est pas si mal. Heureusement, avant de partir, j'ai pris de l'argent au coffre et je pourrai emmener mes filles au restaurant. Je crains qu'elles s'ennuient si on doit rester ici.

– Elles ne vont pas s'ennuyer longtemps, tes filles ! lance Hannah, dès que la femme a tourné le dos. Vous, Edith Stein, vous connaissez peut-être notre destination finale, poursuit-elle, un sourire sarcastique aux lèvres.

Devant le silence d'Edith, elle élève la voix.

– Je vous parle ! Vous priez ? Qui priez-vous ? Le ciel est vide. Ou bien, alors, on est vraiment abandonné.

– Lui seul connaît notre destin, répond Edith, levant les yeux vers le ciel pâle du petit matin.

– Lui ? Mais qui est-ce ? demande Hannah.

– La prière, Hannah, est une échelle de Jacob par où l'esprit humain monte vers Dieu et la grâce de Dieu descend vers nous.

– Alors, qu'il fasse vite ! Parce qu'on est mal partis.

– Vous avez vos convictions, nous avons les nôtres, lui dit Alice. Vous ne devriez pas parler ainsi au milieu de nous tous, et dans de telles circonstances.

Hannah répond par un geste évasif qui trahit sa fébrilité.

Une nouvelle file est formée et conduite en direction d'un des baraquements, une sorte de hangar de planches disjointes où s'entassent déjà une bonne centaine de personnes, hommes, femmes et enfants réunis, étendus sur des châlits de fer installés sur trois niveaux, sans matelas. Une énième agitation se débat dans le silence. Une petite femme au teint mat et au regard noir semble contrôler l'ordre du baraquement et parle un mauvais allemand. Elle désigne leur châlit aux nouveaux venus. Malgré la chaleur et la puanteur, épuisée par le voyage et les attentes successives, Rosa s'étend et s'endort. Hannah, sa voisine de châlit, écrit sur un carnet tiré de la poche de son pantalon. De temps à autre, elle relève la tête et observe d'un œil exercé ce qui se passe autour d'elle. Certains devaient être là depuis plusieurs jours, sales, amaigris, désespérés.

Edith est restée debout, abandonnant son châlit au petit garçon qui a voyagé dans le même camion qu'elle et semble être seul. Elle arpente le baraquement, réconfortant des mères en larmes. Elles ont perdu courage et ne s'occupent même plus de leurs petits. Au passage, Edith tente de les apaiser, cajôlant les enfants, aidant les plus jeunes à manger le quignon de pain qu'ils tiennent entre leurs mains, si dur qu'ils en sont réduits à le suçoter.

– Pourquoi sommes-nous là ? l'interroge une mère.

Dans le camp depuis plusieurs jours, elle se plaint de n'avoir mangé qu'une soupe infâme, de ne plus dormir à cause de l'angoisse, de la peur qui l'habite.

– Ma sœur, je suis convertie au catholicisme. Mon mari et moi avons été baptisés avant la Nuit de cristal, alors pourquoi avons-nous été arrêtés ?

D'une main aux ongles rouges, la femme tente de repousser ses cheveux qui tombent en bataille sur ses yeux.

– Nous naissons juifs et restons juifs, même après notre baptême, même si nous sommes allés vers le Christ, répond Edith.

Plus loin, à l'extrémité de la rangée des châlits, une autre l'interpelle. Elle est entourée de deux adolescents, un garçon et une fille, très maigres, pâles, les yeux rouges.

– Qu'est-ce que vous faites là, dans ce baraquement où il n'y a que des juifs ? Vous cherchez à faire du prosélytisme ?

– Je suis juive, dit Edith. Mais je suis convertie et Carmélite. Je porte mon habit conventuel.

– Ils arrêtent même les convertis, et même les Carmélites ? Dites-moi, pourquoi, nous, les juifs, nous devons nous sentir toujours coupables d'être juifs ?

– Moi, je ne me sens pas coupable, intervient le garçon. Ils me tueront s'ils le veulent, mais je ne renierai pas ma judéité.

– Tais-toi donc, l'interrompt sa mère. Ici, il ne faut rien dire.

Edith, s'éloignant, pense qu'ils ont tous besoin que l'on prie pour eux et ses propres prières ne suffiront pas. Elle a besoin d'aide et pour cela elle décide d'écrire à sœur Antonia, la prieure du Carmel d'Echt, et rejoint la rangée de châlits où se trouvent Hannah et Rosa. Elle emprunte le stylo d'Hannah et quémande une feuille de son carnet.

– Je ne sais pas à qui vous voulez écrire, mais vous croyez vraiment que la lettre va arriver ? Vous imaginez qu'elle partira d'ici ? questionne Hannah, toujours sur le ton de l'ironie.

– Il y a tant de personnes dans ce camp qui ont besoin de consolation, répond Edith.

– Nous sommes cernés de partout, aucune lettre ne partira d'ici.

– Si, Hannah, nous avons le droit d'envoyer du courrier. J'ai demandé au représentant du Conseil juif. Et c'est le moment de le faire. La lettre parviendra au Carmel d'Echt, j'en suis certaine.

Hannah la dévisage, excédée.

Au matin du 7 août, une cinquantaine d'entre eux, dont les sœurs Stein, Alice Reis, Ruth Kantorowicz et Hannah Herder, sont appelés et dirigés vers une gare où attend un convoi dont un wagon est resté ouvert. Il porte le nom de leur destination : Westerbork-Auschwitz-Westerbork.

Rosa se pend de toutes ses forces au bras de sa sœur. La main ferme d'un SS les sépare. Hannah a suivi la scène et accéléré le pas pour rattraper Rosa et lui prendre sa valise.

Ils marchent, toujours en file, le long des rails jusqu'à ce qu'ils parviennent au wagon, où les SS les entassent. La porte à glissières se ferme sur le jour.

– Mon Dieu, où allons-nous ? crie Rosa.

– Inutile d'invoquer Dieu, il ne te répondra pas, lance Hannah. Pour nous, avec notre étoile, ce sera...

Edith lui fait signe de se taire. Ce qu'elle a pressenti se réalise.

– Comme le Christ, nous porterons notre croix, dit-elle.

Hannah hausse les épaules, s'accoude à la paroi du wagon et ferme les yeux. Alice a rejoint un groupe de religieuses et Ruth l'a suivie. Quant à Rosa, elle ne lâche plus sa sœur, serrant contre elle la valise.

Ils sont tous dans l'attente du départ.

Dès cet instant, une phrase n'a plus quitté Edith.

« Je fais des projets pour mon avenir mais, au fond, je suis convaincue qu'il y aura un certain événement qui les jettera tous à la mer. »

Cette phrase l'obsède. Elle va et vient dans sa mémoire. Elle l'assourdit. L'a-t-elle écrite ou dite, mais à qui ? Peut-être l'a-t-elle seulement pensée. Peu importe quand, comment, à qui. La phrase continue de l'obséder, de la harceler, de la tourmenter, de faire s'entrechoquer les bribes de sa mémoire. Une mémoire qui bascule et se déchire depuis quarante-huit heures. Quarante-huit heures ou plus, ou moins. Elle ne sait plus.

– Quel cauchemar ! marmonne Hannah. Et quel temps perdu alors que je devais me rendre à Rome pour un reportage.

Edith ne se sent pas différente de tous ces êtres frémissants, de ces regards enfermés en eux-mêmes, ces visages en sueur où plane un air égaré, ces lèvres muettes et pourtant prêtes à hurler.

– Qui pouvez-vous prier dans cet enfer ? poursuit Hannah.

Edith ferme les yeux. Oui, elle prie. Mais il est vrai qu'elle a soudain le sentiment qu'il n'y a plus de mots, plus d'émotions, plus d'espérance. Corps, cœurs, mémoires, évacués de la vie. Le lien intime qui la relie à Dieu serait-il rompu ? Il ne peut l'avoir abandonnée, elle, Edith, qui lui a offert sa vie.

Mais non, c'est impossible. Elle ne se laissera pas contaminer par le désespoir des autres et celui d'Hannah en particulier. Elle ouvre des yeux ardents. Que ces pensées indignes la quittent et qu'elle trouve la force de les éloigner d'elle, la force de convaincre Hannah qui ne sait plus à quoi se raccrocher pour espérer, d'apaiser Rosa et ceux et celles qui l'approchent et lui demandent de l'aide. Que sa foi, pure et entière, la préserve de telles dérives. L'espérance est en elle, sa mission est de la transmettre à ceux qui l'entourent et souffrent.

Elle ne lâchera plus la phrase. Elle va la circonscrire, la retenir. Pas seulement les mots, mais les lettres qui forment les mots. Avenir, projets, événement, la mer, se souvenir, entrouvrir les portes d'une mémoire qui résiste, faire tomber les murs qui enferment le passé, repousser les pensées sauvages qui s'intercalent entre les mots de la phrase et vrillent ses oreilles, la persécutent mais la font tenir debout. Persévérer dans l'espérance de Celui qui l'a appelée à Lui.

– Il faut que tu me racontes, dit Hannah, d'une voix rude, utilisant cette fois le tutoiement. J'ai besoin que tu me racontes depuis le début. Pourquoi cet habit ? Pourquoi ce voile ? Pourquoi avoir trahi les femmes, toi, la féministe, pourquoi avoir décroché de la politique, de la philosophie, du judaïsme, oublié les conférences, les projets ?

– Les projets..., répète Edith, songeuse.

La phrase, toujours, lui revient en mémoire. C'était où ? C'était quand ? Elle va retrouver le contexte dans les cahots des rails et l'accablement de Rosa qui geint, tremble, sanglote. Comme geint, tremble, sanglote la jeune femme blonde auprès d'elle.

– Alors, tu me raconteras, insiste Hannah.

Son regard s'est durci. Ses cheveux se répandent sur ses épaules. Elle a déboutonné le haut de son chemisier rouge, dont le pan dissimule l'étoile, dans une sorte de laisser-aller et de découragement subits.

Les femmes, l'égalité entre les sexes, un cheval de bataille qui aura été celui d'Edith jusqu'à ce qu'elle entre au Carmel et abandonne la vie de l'« autre monde ».

Derrière la vitre du 38, Michaelisstrasse, elle a été une adolescente compatissante à l'égard des femmes chargées de lourds paniers, accompagnées d'enfants suspendus à leurs bras, cherchant à leur porter de l'aide. Et le soir de l'obtention de son baccalauréat, âgée de 17 ans, comme chaque candidate diplômée avait droit à une épigramme, celle d'Edith parlait déjà d'égalité :

« Égalité de l'homme et de la femme
C'est ce que la suffragette réclame
Assurément un de ces jours
Nous la verrons ministre. »

Hannah interrompt le déroulé de sa mémoire.

– Peut-être ne te souviens-tu pas de ce que tu prônais, à l'époque, quand ma mère assistait à tes conférences ? Eh bien, je vais te le rappeler :

« Que les femmes soient en mesure d'exercer d'autres professions que celles consistant à remplir leur vocation d'épouse et de mère, seul un aveuglement subjectif a pu le contester. »

– Oui, poursuit-elle, il fallait se battre contre cet aveuglement et, toi, tu rentres dans les ordres. Je ne peux pas imaginer que ce soit par peur de l'antisémitisme.

Le petit garçon, auquel Edith a laissé son châlit à Westerbork, tourne autour d'elles.

– Qu'est-ce que tu veux ? lui demande Hannah.

– Je cherche mon père.

– Eh bien, cherche ! fait-elle sans aucune compassion.

Et le petit s'éloigne, le regard triste. Il se perd dans la foule du wagon.

« Aucune femme n'est uniquement femme. » Edith se souvient de ce texte qu'elle avait écrit et qui avait fait grand bruit à l'université. « Chacune a sa disposition naturelle et sa spécificité individuelle au même titre que l'homme et elle a la compétence pour exercer, selon cette disposition naturelle, telle ou telle activité professionnelle, que celle-ci relève de n'importe quel domaine, artistique, scientifique, technique. »

– Toutes les femmes sont des juifs, des discriminés, juif égale femme, reprend Hannah.

Edith pose la main sur l'étoile cousue au revers de son habit conventuel. Du doigt, elle suit les lettres inscrites au centre : Juif. Juive elle est, comme la femme serrée contre elle qui presse son bras et du regard la supplie de prier pour elle, de prier pour eux tous, transformés en troupeau. Elle est comme Hannah dont la colère envahit les traits.

Elle ne sait plus, Edith, ils ne savent plus, s'il fait jour ou nuit, s'ils ont passé une frontière, s'il pleut ou si le soleil brille au-dessus du train. Pas la moindre lucarne, pas le moindre espace entre les planches de bois pour s'assurer s'il peut encore y avoir des rayons de soleil dans le ciel obscur de la vie. Elle porte toujours sur le cœur le verset de l'évangile selon saint Matthieu : « Si l'on vous pourchasse dans une ville, fuyez dans une autre. » Il n'y aurait plus d'autre fuite sinon l'enfermement intérieur où elle espère que la paix va demeurer.

Le vacarme du train l'empêcherait de penser si la phrase et les questions d'Hannah ne venaient la tarauder.

Elle creuse dans ses souvenirs, les découd.

Il y eut un temps où élaborer des projets était encore possible. L'un d'eux lui tenait particulièrement à cœur : explorer les textes de saint Jean de la Croix. À Cologne, elle n'en avait pas trouvé le temps. Puis il y avait eu le départ précipité pour les Pays-Bas et le Carmel d'Echt. À son arrivée, sœur Antonia, la prieure, lui avait commandé ce travail et elle s'y était attelée avec passion. Comme Jean, lors de la prononciation de ses vœux, Edith avait choisi de s'appeler « de la Croix », Thérèse-Bénédicte de la Croix. Entre la pensée de Jean et la sienne, il y avait une vraie complicité.

Edith pense au manuscrit abandonné sur sa table de travail : il ne sera pas achevé. Les feuillets sont restés empilés, en désordre. Avant de quitter le Carmel, les SS ne lui avaient pas laissé le temps de procéder au moindre rangement.

Soudain, la porte s'ouvre, faisant s'envoler les feuillets qui s'éparpillent sur le sol. Sœur Antonia apparaît, agitée, la voix tremblante, les traits crispés par la peur. Les SS ont envahi le hall, puis le parloir et la chapelle.

– Ils sont là, ils veulent vous emmener, vous et Rosa, ils refusent d'attendre. Ils m'ont donné l'ordre d'aller vous chercher.

Sa voix s'amplifie.

– Ils sont cinq à faire les cent pas dans le hall.

Les feuillets ne formeront jamais un livre. La prieure se baisse pour les ramasser, et elle les repose en vrac sur la table.

Que deviendra le manuscrit après son départ du Carmel ?

La prieure ne lui laisse pas le temps d'y penser. Les mots se précipitent sur ses lèvres. Les SS ont fouillé sa cellule et son bureau, ouvert les tiroirs et les dossiers qu'ils ont jetés à terre, à la recherche de « la » liste, celle sur laquelle sont inscrits les noms des Carmélites, dont « Stein », celui d'Edith et de Rosa. Ils l'ont lue et relue, hurlant : « Stein ! Stein ! »

– Rosa, où est Rosa, sœur Antonia ? Est-elle déjà entre leurs mains ?

Edith craint pour sa sœur qu'elle sait fragile. Elle veut lui parler avant d'affronter les SS.

Sœur Antonia ne peut rien entendre. Elle continue à parler et sa voix s'emballe, sa mâchoire tremble. Elle explique qu'elle s'est efforcée de les dissuader en avançant que sœur Thérèse-Bénédicte de la Croix n'était plus juive depuis son baptême. Ils ont ri, avant de lui ordonner de « ramener le docteur Stein et sa sœur. Les deux juives du Carmel ».

– Où est Rosa, sœur Antonia ? interroge à nouveau Edith.

Sœur Antonia répond qu'elle l'a croisée alors que Rosa s'apprêtait à sortir du Carmel pour aller en ville. Elle l'a renvoyée dans sa cellule préparer un léger bagage. Rosa a demandé à voir Edith, mais elle lui a conseillé de préparer d'abord son bagage.

Une fois encore, Edith se reproche d'avoir fait venir sa sœur à Echt. Mais sinon, où serait-elle aujourd'hui ? Il lui a fallu quitter en urgence la Belgique où elle s'est d'abord réfugiée. Et Edith a pensé à Paul et à son épouse, Gertrud, à sa sœur, Frieda, et à Eva, la fille de son frère aîné, Arno, tous arrêtés et déjà déportés. Des oncles et tantes installés en Amérique ont bien tenté de les faire émigrer. En raison des quotas, ils n'y sont pas parvenus. Depuis, elle n'a plus eu de nouvelles. Les retrouvera-t-elle dans le camp d'Auschwitz vers lequel roule le convoi ?

L'inquiétude de la prieure pour l'avenir du Carmel, celui des autres Carmélites et le sien propre se lit dans son regard perdu. Elle répète que les SS attendent dans le hall, qu'ils redoublent d'impatience et se sont montrés violents avec elle.

– Que veulent-ils de vous ? Nous ne savons rien. Nous n'entendons que leurs cris, leurs ordres, insiste-t-elle.

Edith n'a qu'une envie : la mettre à la porte. Ne peut-elle pas comprendre qu'il faut la laisser prier une dernière fois, agenouillée devant le crucifix ?

– Vous ne vous préparez pas à partir, sœur Thérèse-Bénédicte ? reprend sœur Antonia. J'ai entendu dire qu'ils n'arrêtaient que les juifs, pas les catholiques. Et encore moins les Carmélites.

Pourquoi la torture-t-elle en ces quelques minutes qui lui restent à vivre dans la cellule où, à son arrivée, elle a imaginé être hors de danger et où, en effet, elle a retrouvé la paix pour écrire ? Quitter le Carmel de Cologne-Lindenthal, le lieu de l'accomplissement de ses vœux, avait été si risqué, les frontières étant désormais difficilement franchissables. Elle avait pensé qu'Echt, aux Pays-Bas, serait l'endroit où elle reprendrait ses travaux d'analyse et d'écriture, ses travaux de philosophe, et où elle abandonnerait le monde à ses cauchemars.

Elle s'est trompée. Il n'y aura plus d'espace où continuer à trouver la paix de l'esprit pour lui permettre d'avancer dans ses recherches, et notamment sur Jean de la Croix. Cette croix que porte désormais le peuple juif. Et elle, la première.

Sœur Antonia doit savoir qu'elle est une juive catholique, que depuis son baptême elle n'a jamais renié sa judéité, qu'au contraire elle a enfin perçu la richesse spirituelle du judaïsme. Et pour eux, ces SS qui attendent leur prise dans le hall, elle est d'abord une juive et, pour toujours, « docteur Edith Stein ». Des paroles que la prieure ne peut pas entendre à cause de la peur qui l'a saisie.

Elle se dirige vers la porte et hésite avant de revenir vers Edith. Pourquoi n'a-t-elle pas saisi les opportunités qui se présentaient à elle, l'Amérique du Sud d'abord... Elle y a renoncé. Puis, ces derniers mois, le Carmel suisse du Pâquier, prêt à lui ouvrir sa clôture. Et finalement, les SS vocifèrent dans le Carmel, effraient les sœurs. En guise de réponse à ses questions, Edith considère sœur Antonia d'un regard compassionnel.

Enseigner en Amérique du Sud, c'était fuir son pays, cette Allemagne à laquelle elle était attachée et qui trahissait ses espérances. Pourtant, fuir son pays, c'est bien ce qu'elle avait fini par décider en acceptant la proposition du Carmel d'Echt. Elle ne s'était pas pressée pour accomplir les formalités requises par le formulaire de demande d'immigration vers la Suisse et, celui-ci une fois envoyé, sa demande s'était sans aucun doute perdue dans les méandres des diverses administrations des Pays-Bas, d'Allemagne et de Suisse. Elle ne regrette pas. Elle se laissera conduire par Celui seul qui connaît le destin.

– Plusieurs fois, j'ai tenté de vous persuader, ici même, dans votre cellule, insiste encore sœur Antonia. Vous écriviez et vous ne leviez pas la tête de votre feuille. J'ai craint le pire et le pire est arrivé.

Quand Edith écrivait sur saint Jean de la Croix, ce livre qui restera inachevé, plongée dans la doctrine du saint, tout lui devenait indifférent.

– Maintenant, sœur Thérèse-Bénédicte, poursuit la prieure, réunissez des vêtements, quelques livres, vos carnets… J'entends les SS. Mon Dieu, venez à notre secours.

– Mon livre de prières sera mon seul bagage, répond Edith.

Le vacarme de l'entrée parvient jusqu'à elles. L'écho des voix parcourt les couloirs du Carmel. Edith referme la porte derrière la prieure, qui répète :

– Vous entendez ? Vous entendez ?

Non, elle n'entend pas. Ses yeux se ferment sur le présent.

Au loin, à l'autre extrémité du wagon, un homme a crié en allemand qu'il fallait avoir une certaine discipline pour arriver tous en vie là où les SS ont décidé de les conduire. Il porte un chapeau et un costume de tweed assorti à un large imperméable. Il a l'assurance de celui qui a l'habitude de commander. Une centaine de paires d'yeux inexpressifs tentent de se tourner vers lui. L'homme réitère ce qu'il vient de dire mais dans une autre langue, le yiddish. Une rumeur s'élève dans le wagon.

– Ce n'est pas l'homme qui s'est proposé pour distribuer l'eau au camp d'Amersfoort ? questionne Hannah.

– Je crois bien qu'il était le seul volontaire, se souvient Edith. Les autres ont été désignés.

– Pas étonnant qu'il prenne le commandement du wagon.

– Mais où ils nous emmènent ? demande à Edith une voisine aux cheveux gris et au visage buriné.

De la tête, Edith lui fait signe qu'elle ne sait pas. Pas plus qu'elle. Pas plus que ceux qui ont été embarqués qui suffoquent déjà de chaleur dans ce wagon transformé en étuve.

Certains sont habillés de façon élégante, comme cet homme qui donne des ordres et continue de s'efforcer de fendre la foule. Tous tentent de garder contre eux un sac, une valise, une simple pochette. D'autres ont dû enfiler à toute vitesse un manteau sur un vêtement de nuit. Dans la bousculade, les femmes ont perdu leur chapeau. Leurs cheveux défaits se répandent sur leurs épaules. Les plus jeunes sont seules ou accompagnées d'enfants. Les plus âgées ont été arrêtées en même temps que leurs maris. Elles sont comme suspendues à leurs bras.

– Non mais, qu'est-ce qu'il croit, celui-là, qu'il va nous mener à la schlague comme les SS ? dit Hannah.

Elle se relève, après s'être accroupie pour fouiller dans une sorte de sacoche qui lui fait office de sac. Elle tient un livre à la main sur lequel Edith jette un regard intéressé.

– À chacun sa bible ! lui lance Hannah, en lui montrant le titre : *La Révolution permanente*.

Sur la couverture, une photo de Trotski.

L'homme se déplace maintenant à coups d'épaules. Il semble vouloir atteindre la porte qu'un SS a refermée sur eux. Quand il y parvient enfin, il explique d'abord en allemand, puis en polonais, et enfin en yiddish, qu'ils s'assiéront par rangée contre la porte. Chaque rangée prendra son tour.

– Sinon, nous serons tous morts de fatigue ou morts tout court, répète-t-il dans les trois langues. Je m'appelle Heisenberg, ajoute-t-il, et si je vous suggère cette discipline c'est pour que nous arrivions tels que nous sommes partis, fiers de ce que nous sommes : des juifs. Enfin, pour ceux, ici, qui sont juifs, rectifie-t-il, fixant Edith et, plus loin, derrière elle, un groupe de religieuses, dont Alice et Ruth.

Il s'assoit pour montrer l'exemple. Et ceux et celles qui l'entourent se précipitent et l'imitent, recroquevillés sur eux-mêmes, les jambes repliées pour prendre le moins de place possible. À l'extrémité du wagon, une femme crie en allemand qu'elle veut s'asseoir car elle est enceinte. Elle tente d'exhiber son ventre rond sous la robe et, à son tour, elle cherche à fendre la foule dans un silence assourdissant. Bientôt, surgit une toute petite enfant, un nœud dans les cheveux et une minuscule valise à la main, agrippée au pan de sa robe.

– Ce sera chacun son tour, dit d'un ton ferme l'homme au chapeau, sinon nous n'y arriverons pas.

– Elle est prioritaire puisqu'elle est enceinte, proteste Hannah.

L'homme fait semblant de ne pas avoir entendu.

La femme enceinte a commencé à se frayer un chemin et supplie en vain. Elle se tourne vers un groupe de femmes accompagnées d'enfants. Celles-ci ne réagissent pas. Alors elle continue péniblement d'avancer et, se rapprochant d'Edith, elle soulève la fillette et la lui tend. L'enfant se love entre les bras d'Edith et ne tarde pas à s'endormir, la tête enfouie sous le pan du voile. Dans le mouvement de la foule pour laisser passer la future mère, Rosa a été éloignée de sa sœur qu'elle s'efforce de ne pas perdre du regard. Elle a ouvert le col de son chemisier, comme tous, elle est en sueur, la température de ce très chaud mois d'août 1942 ne cesse de monter. Dans la pénombre, ses yeux clignotent plus de fatigue que de peur. Edith lui fait signe de reprendre sa place auprès d'elle. Rosa se glisse entre ses voisins. Malgré la grogne qu'elle provoque, elle parvient à rejoindre sa sœur et Hannah, qui fait en sorte dans la foule poisseuse de ne pas être éloignée d'Edith.

– Je suis comme cette femme enceinte, je n'en peux plus, soupire Rosa.

Edith la console d'un doux sourire.

– Mais où allons-nous ? interroge-t-elle. Dans un camp de travail comme l'a dit Hannah ? Auschwitz serait un camp de travail ?

– Moi, j'ai parlé d'un camp de travail ? réplique Hannah.

– Nous ne savons rien et il vaut mieux ne pas y penser et laisser faire la grâce de Dieu. Tu devrais essayer de te reposer, Rosa.

– C'est ça ! Laissons faire la grâce de Dieu, raille Hannah.

– Dieu ! soupire Rosa, ne sommes-nous pas tous abandonnés ?

Rosa se cramponne au bras d'Edith, et celle-ci croise son regard perdu dans lequel elle voit sa mère. Tandis que Rosa s'assoupit sur son épaule, elle se laisse envelopper dans le souvenir pour ne pas, elle aussi, se sentir abandonnée. Elle s'entend, elle s'écoute. Sa voix est celle de la petite enfance.

Edith est une petite fille pâle et anémique, brune aux yeux gris, une fossette seyante au menton, objet de sollicitude de la part de ses frères et sœurs aînés. Douée d'un indomptable tempérament, son intelligence précoce lui permet d'enregistrer tout ce qu'elle entend dans cette fratrie où, le temps de l'enfance, règne une profonde affection.

Ce jour-là, elle s'est réfugiée dans la chambre des garçons, située à l'étage de la petite maison qui s'élève depuis des siècles au cœur de Breslau, où ses parents ont installé, six ans plus tôt, leur commerce de bois de charpente après avoir échoué à Lublinitz, en Silésie, d'où la famille Stein était originaire.

Avant de grimper l'escalier qui conduit aux chambres, elle s'est arrêtée devant la vitre donnant sur la rue d'où elle observe les branches des tilleuls ployer sous les coups de vent et les mouettes flotter au-dessus de l'Oder. Elle reste là, comme à son habitude, plongée dans ses rêveries. Il s'en passe des choses en elle, un bouillonnement continu, mais elle ne l'avouera jamais à personne. Surtout pas à sa mère, Augusta Stein, la veuve Stein, l'énergique Augusta dont, dans le quartier, tout le monde admire le courage.

À l'étage, Paul, son frère aîné, révise ses leçons. Elle l'entend. Il hésite sur les mots. Mais qu'apprend-il ? Et pourquoi, elle, Edith, n'a-t-elle rien à apprendre ? Jouer, elle ne sait pas. Elle n'apprécie de jouer qu'au jeu des sept familles des grands auteurs, l'*Author's Quartet*, parce qu'elle connaît par cœur ce qui figure sur les cartes. Il lui a suffi de les regarder une fois pour ne plus les oublier. La famille se montre subjuguée devant ses prouesses.

Elle se rue sur l'escalier, grimpe les marches, se cramponne à la rampe, continue son ascension sur la pointe des pieds de peur d'être renvoyée en bas avant de parvenir à son but. Les marches sont hautes, il lui faut faire un effort, mais n'est-ce pas pour la bonne cause ? Apprendre.

La porte de la chambre des garçons est ouverte. Paul lit de dos ; comme à l'ordinaire, il marche en récitant, le livre à la main. Elle lui saute dessus, s'agrippe à lui.

Paul la repousse, lui intimant l'ordre d'aller s'amuser ailleurs. Edith refuse, se fourre dans ses jambes. Elle prétexte que jouer n'est pas intéressant. Comme lui, elle veut apprendre.

– C'est encore Schiller que tu apprends ?

Paul hausse les épaules.

– Hier, c'était Schiller.

La veille, en effet, Edith s'était déjà imposée dans la chambre des garçons et n'en était repartie qu'à l'arrivée de sa sœur Erna, de retour de l'école.

– Alors, tais-toi et écoute !

Et Paul récite le poème, observant les réactions d'Edith, les sourcils froncés, les yeux brillants de plaisir.

Apprendre, apprendre, tel est son désir. Il ne s'éteindra plus jamais. Sa mère l'estimant trop jeune pour l'inscrire à l'école, elle s'ennuie au jardin d'enfants.

– Je veux que tu m'apprennes, comme hier.

Paul lui lit le poème et, en peu de temps, elle retient chaque vers.

Soudain, des bruits de pas s'annoncent au rez-de-chaussée de la maison, puis dans les escaliers.

– Qu'est-ce qui se passe là-haut ?

La voix de leur mère les interrompt. Augusta porte encore le tablier noir dans lequel elle enveloppe son grand corps lourd quand elle officie derrière la caisse du commerce de bois. Ses yeux cernés de mauve disent l'épuisement. Des mèches de cheveux grisonnantes s'échappent d'un chignon retenu par une grosse épingle. Son visage reflète un air las et contrarié.

– Paul, laisse-la tranquille. Et toi, Edith, que fais-tu dans la chambre des garçons ?

Edith ne craint pas la colère de sa mère, elle regrette plutôt d'avoir été interrompue par elle : elle ne connaîtra pas la suite du poème. Une idée lui trotte dans la tête : ne plus retourner au jardin d'enfants et se faire inscrire à l'école où étudie Erna, cette sœur aînée de quinze mois de plus qu'elle. Comment s'y prendre ? Elle se pose la question tandis que sa mère et son frère s'affrontent.

– Edith est au jardin d'enfants, elle ne sait pas lire, gronde Mme Stein.

– Mais elle retient tout, lance Paul.

Edith est offusquée que l'on ose affirmer qu'elle ne sait pas lire. Elle lit, mais c'est son secret. Une chose est sûre : elle ne veut plus retourner au jardin d'enfants. Elle y éprouve déjà le sentiment de ne pas être à sa place. Faut-il supplier sa mère pour fréquenter l'école, la vraie, celle où étudie Erna ? Le soir, Edith écoute les récits de sa sœur et rêve à tous ces mots avec lesquels elle jongle.

À présent, Edith comprend combien ses colères devaient faire souffrir sa mère. Elle a été cette enfant effrontée qui souhaitait être grande avant l'âge. Et elle y est parvenue malgré les résistances de Mme Stein.

Elle dégringole les escaliers, laissant sa mère sur le palier, triste et indécise. Et du rez-de-chaussée, elle écoute la conversation entre sa mère et son frère.

– Ma pauvre maman, Edith t'en fait voir de belles, et... ce n'est pas fini. Elle est douée d'une obstination indomptable. Ce n'est pas une enfant comme les autres.

Mme Stein explique à Paul combien la vie se révèle difficile pour elle, depuis la mort de leur père. Le commerce du bois lui demande beaucoup d'efforts physiques et lui occasionne bien des soucis. Les négociations pour obtenir à bas prix la concession de forêts, aux environs de Breslau, lui prennent toute son énergie. Elle ne pense qu'à enrichir leur entrepôt pour gagner toujours plus d'argent.

Edith entend sa mère dire :

– Cette petite est du vif-argent. Je ne sais plus comment l'éduquer. Elle résiste à tout.

Paul et Mme Stein évoquent la mort du père, la mort entrée dans la maison Stein. Et Paul choisit ce moment pour confier à sa mère que, depuis ce jour, il a perdu la foi. Le regard ombrageux de Mme Stein le fusille. Sans Dieu, comment aurait-elle la force, elle, Augusta Stein, de mener à bien le commerce et leur éducation ? Les nourrir, les habiller tous les six ? Il lui en faut du courage, et ce courage elle le puise dans les forces divines.

– Alors, qu'est-ce que tu vas faire pour Edith, questionne Paul ? Tu l'envoies au jardin d'enfants demain matin ? insiste-t-il.

– Bien sûr ! Et vous ne me ferez pas changer d'avis.

À travers la cage d'escalier, la voix frêle d'Edith monte du hall.

– Je suis trop intelligente pour perdre mon temps. Demain, je n'irai pas au jardin d'enfants. C'est au-dessous de ma dignité.

Comment a-t-elle eu l'audace de dire cela ! La soif d'apprendre a fait d'elle cette enfant insolente.

– Maman, je te demande de me laisser entrer à l'école, comme Erna, et ce sera mon cadeau d'anniversaire pour mes 6 ans.

Elle n'est plus retournée au jardin d'enfants.

À l'école Viktoria, elle se sent tout de suite comme chez elle. Ce qu'elle y apprend comble sa soif de connaissance des choses et de la vie et lui ouvre des horizons dans lesquels elle rêve de se perdre. Bien qu'elle soit entrée en cours d'année, elle se place vite parmi les meilleures.

– Première, tu ne le seras jamais puisque nous sommes juifs, l'ont avertie ses frères aînés.

Ce souvenir lui fait mal. Au cours de ces années d'études, elle avait subi les manifestations de l'antisémitisme qui ne cessait de monter en Allemagne.

À 6 ans, donc, elle portait déjà cette croix, comme aujourd'hui, ceux qui partagent avec elle ce convoi vers le camp d'Auschwitz, un camp où il est impossible d'imaginer l'avenir.

Devant ses enfants, Mme Stein s'est toujours refusée à affronter la question. Edith et ses frères l'ont périodiquement harcelée sur les origines de cette stigmatisation mais leur mère a toujours gardé le silence avant de leur ordonner de se taire.

Les pas pesants de Mme Stein, comme sa voix ferme et ample, résonnent dans la mémoire d'Edith. Ils ne la quitteront plus. Peut-être est-ce tout ce qui lui reste d'elle : ce bruit sourd et ses larmes, le jour où elle lui a appris sa conversion au catholicisme.

La très solide Mme Stein ne s'en est jamais remise, considérant que sa fille avait trahi la tradition religieuse familiale. Les larmes d'Augusta la poursuivront vraiment sa vie durant.

Elle pense à ces larmes et cette infinie tristesse dans le regard de sa mère. Des larmes semblables à celles inondant les yeux de la femme enceinte, que l'homme qui a donné l'ordre aux autres de s'asseoir observe sans aucune compassion.

– Je ne tiens plus debout, dit la future mère, et je pense à mon mari, embarqué lui aussi... Il y a déjà plusieurs semaines. Je n'ai eu aucune nouvelle.

– Nous n'aurons plus de nouvelles de nos maris, répond la voisine compatissante. Bienheureuses, celles qui peuvent encore se serrer dans leurs bras.

Elle braque son regard sur un couple dont l'homme a entouré de ses bras le corps frissonnant de son aimée. Ces deux-là, le teint gris et ridé par l'âge, donnent l'impression d'être installés pour un long voyage.

La phrase est revenue hanter Edith tandis que la fillette dort contre son épaule droite et que la tête de Rosa pèse sur son épaule gauche. Elle aura toujours élaboré des projets. Même à 10 ans, que d'idées lui traversaient l'esprit et, déjà, celle de ne pas être une Augusta Stein ! Plus son monde intérieur s'illuminait, plus elle se répétait que la porte de la scierie ne devait être franchie que pour s'amuser, courir entre les stères, se rouler dans la sciure avec Erna, mais jamais pour y travailler.

Tous ces projets, élaborés dans ses rêves, de petite ou grande fille, finiront à la mer. Quelle mer ? L'océan où elle a passé de doux étés avec ses amies étudiantes du Trèfle à quatre feuilles, ce groupe qu'elle avait ainsi nommé à cause de l'amitié indéfectible qui les unissait et dont elle se considérait elle-même comme la cinquième feuille ? Ces temps de pause où, malgré l'atmosphère chaleureuse, elle se sentait toujours en manque sans pouvoir analyser ce manque, ce vide dans son cœur. Son secret bien caché.

Ou bien ces projets seront-ils jetés dans une mer humaine ? Des images défilent et la troublent. Elle n'a plus le ciel pour se réconforter. Elle pense à ce fil tendu entre Dieu et elle et qui ne doit pas se rompre.

Existe-t-il encore seulement un ciel, au-dessus du train ? Il lui faut oublier le présent terrible pour se souvenir qu'elle a si souvent levé les yeux vers un ciel que sa mère lui disait habité par des forces divines. La petite fille était intriguée par ces forces, l'adolescente s'était révoltée contre elles, l'adulte d'aujourd'hui demeurait songeuse à leur évocation.

Un cahot les fait glisser les uns sur les autres, tous sont entraînés à l'extrémité du wagon. La fillette, toujours nichée sur l'épaule d'Edith, se réveille en sursaut et se met à pleurer, réclamant sa mère. Hannah la prend maladroitement dans ses bras et l'enfant se met à crier. Elle la rend à Edith qui apaise ses pleurs.

– Tu es plus douée que moi pour la vie de famille. Que fais-tu sous cet habit de religieuse ? ajoute-t-elle, soulevant le voile d'Edith.

– De Carmélite, corrige Edith, serrant tendrement l'enfant contre elle.

La mère fait signe à Edith de lui rendre sa fille. Elle joue des coudes pour se rapprocher, bousculant un jeune homme dont la joue est entaillée, sans doute un coup reçu au moment de l'arrestation. Aussitôt, il l'aide à récupérer la petite fille dont les cris se font plus aigus. Un autre enfant sanglote et provoque les pleurs de plus grands, qui s'agrippent aux vêtements d'une mère ou d'une sœur.

– Elle a l'âge de ma petite sœur, dit le jeune garçon, en remettant la fillette à sa mère. Moi, ma petite sœur, je suis sûr de ne plus la revoir. Jamais !

Ce jeune garçon rappelle à Edith Hans Biberstein. Hans, rencontré sur un court de tennis, alors qu'elle était étudiante. Il a suffi de quelques échanges pour que son cœur s'enflamme. Hans, lui, n'a eu d'yeux que pour Erna qu'il a fini par épouser. Edith chasse l'ombre du souvenir.

– J'ai soif ! a crié la fillette.

Edith aussi a soif, comme tous. Mais depuis le départ où une sorte de soupe d'orge a été distribuée, ils n'ont plus rien bu et n'ont d'ailleurs rien à boire, sinon l'eau noirâtre d'un bidon posé dans un coin du wagon, auprès d'une tinette faisant office de toilettes. Dans la cohue, le bidon a glissé, répandant une partie de son contenu.

– Il faudrait un gobelet et je prendrais de l'eau pour votre fille, propose le jeune homme.

– Nous avons un gobelet, dit Edith.

Elle demande à Rosa de lui passer le gobelet qu'elle a emporté dans son sac. Rosa s'exécute sans entrain.

À ce moment, la locomotive s'arrête brusquement et un nouveau cahot déplace le bidon que le jeune homme maintient entre ses jambes avec l'aide d'Hannah et de ses voisins de wagon.

« Et mes projets seront jetés à la mer. » La phrase s'immisce dans la mémoire d'Edith mais une autre s'y substitue aussitôt, parce qu'elle en a décidé ainsi et, celle-ci, écrite par Thérèse d'Ávila, il lui faudra ne pas l'oublier.

« Ayons toujours notre pensée fixée sur ce qui durera éternellement, sans nous soucier des choses d'ici-bas. »

Thérèse d'Ávila l'a mise sur le chemin du Seigneur, elle lui a révélé la vérité en donnant un sens à sa quête, elle l'a conduite au baptême, elle demeure son guide dans les pires événements qu'elle a à vivre. À la suite de la lecture des œuvres de Thérèse, Dieu l'a enrichie de faveurs spirituelles, elle sait sa chance lorsqu'elle observe ceux qu'elle côtoie dans ce wagon et dont elle lit sur le visage le désespoir. Lorsqu'elle pose son regard sur Hannah, l'insurgée, qui cherche du réconfort dans la révolution.

Elle sait que le jour où elle a prononcé cette fameuse phrase qui la hante, cette prémonition devenue aujourd'hui réalité, elle n'était pas encore imprégnée des lectures de Thérèse d'Ávila, elle n'avait pas encore entrepris le parcours vers Dieu. Sinon, elle ne l'aurait pas prononcée. Peut-être était-ce à l'époque de

Göttingen, son cher Göttingen ? Elle souhaiterait maintenant se souvenir des projets dont elle était pleine. Ces projets destinés à être jetés à la mer. Avaient-ils un rapport avec ses recherches philosophiques ? La question la ramène à Husserl, ce maître en phénoménologie, et à tous ceux auprès desquels elle s'était forgé un certain avenir.

« Nous avons des projets pour vous. » Cette phrase aussi résonne dans sa mémoire. Les propositions ne manquaient pas pour échapper à l'antisémitisme de Hitler : la France, la Suisse, la Palestine, l'Amérique du Sud...

Ne pas se soucier des choses d'ici-bas.

Suivre le chemin de la perfection, comme l'a écrit Thérèse d'Ávila, c'est ce à quoi Edith s'est toujours appliquée. Elle s'est acquittée de sa tâche avec constance tout au long de ses premières années à l'école Viktoria mais, au moment de poursuivre ses études, quelque temps après les fêtes de Pâques, elle s'est interrogée : ce savoir correspond-il vraiment à ce qu'elle attend de la vie, répond-il aux questions qu'elle se pose sur elle-même, sur le monde, sur cette humanité qu'elle côtoie ?

Alors, suivre le chemin de la perfection, c'est peut-être autre chose que de continuer à jouer les bonnes élèves dans une école de Breslau. Elle a d'autres ambitions. Pour les réaliser, il lui semble indispensable de se confronter aux autres, au monde.

À Breslau, elle a le sentiment d'être enfermée comme un oiseau dans une cage. La famille et sa religion, comme l'école et son enseignement, l'empêchent de voler de ses propres ailes. Trop de questions l'intriguent auxquelles personne, ni dans le système scolaire, ni dans sa famille, et surtout pas à la synagogue, ne lui apporte de réponses. Il lui faut réagir.

La mémoire devient une source de divertissement. Edith prend de la distance avec le présent. Elle l'absorbe. Elle est un miroir où elle contemple sa vie, un livre de souvenirs qu'elle feuillette pour tenir debout et apporter l'aide morale qu'attendent d'elle ceux qui l'entourent dans le wagon. Elle peut ouvrir n'importe quelle page, même celles de l'enfance, son cœur a toujours été accessible à la compassion.

Aujourd'hui, confrontée au pire, elle sait que la nuit cédera à l'aurore. Elle voudrait dire à tous ces compagnons d'infortune que si Dieu leur fait porter la croix, si, pour eux, le temps de la Passion est arrivé, c'est pour mieux les ancrer dans l'éternité. Elle s'entend prononcer tout haut cette dernière phrase.

– Que dis-tu ? questionne aussitôt Hannah.

– Le temps de la Passion est arrivé pour les juifs. Et c'est pour...

– Juive, tu es pour toujours, Edith, pourquoi as-tu trahi ? Juive ou Carmélite... Le monde à l'envers.

– Christ est juif comme moi, et il m'a fait chrétienne comme lui.

Hannah hausse les épaules.

– Christ ! Christ ! Pure folie !

Edith se revoit priant, à la chapelle des Dominicaines de Spire, face au tabernacle et à la statue de la Vierge, et se disant : « Marie et Jésus sont de mon sang. »

Elles sont interrompues par une bousculade qui les éloigne. Une femme cherchant à se diriger vers la tinette insulte ceux qui ne bougent pas pour la laisser avancer, ou lui donnent un coup de pied ou de coude au passage. Hannah ne tarde pas à rejoindre Edith.

– J'étais enfant, raconte-t-elle, quand ma mère m'a parlé de toi, de ton combat en faveur du vote des femmes, c'était il y a longtemps, si longtemps. Après, ma mère a assisté à plusieurs de tes conférences sur les femmes, et elle a tenu à ce que j'assiste à l'une d'entre elles. J'étais une toute petite adolescente, mais tu m'as séduite et convaincue que j'allais devoir tenir un rôle dans ce combat dont tu parlais. Tes arguments étaient forts, tu les délivrais d'une voix ferme, celle de la révolte. Ma mère a adhéré au Parti démocrate allemand parce que tu y avais adhéré toi-même. Un jour, elle t'a même vue distribuer des tracts dans la rue. J'ai découpé dans le journal une photo de toi et je l'ai collée sur le mur de ma chambre, comme je te l'ai dit au moment de notre rencontre. Ensuite, parce que tu m'avais entraînée sur cette voie, j'ai milité et, maintenant, j'ai la révolution à l'âme. Tu as fait de moi cette révolutionnaire que je suis, et toi, pendant ce temps, tu as pris le chemin de la religion la plus abrutissante qui soit.

– Qu'est-ce que vous dites, mademoiselle ? Vous me parlez ? demande une petite vieille qui, visiblement, cherche à se rapprocher d'Edith.

– À vous, je ne dis rien ! répond Hannah, toujours sauvage.

La vieille reste plantée près d'elle, le regard baissé comme une enfant que l'on aurait grondée.

– Hannah, comme toi, j'ai connu une longue période de révolte. La première fois que j'ai annoncé à ma mère que j'étais athée, c'était un jour de Yom Kippour. Je ne peux pas l'oublier.

– Toi, athée ? s'étonne Hannah. Mais quand ? À quelle période de ta vie ?

– Depuis mon plus jeune âge, je n'ai cessé de me tenir en alerte sur le chemin de la vérité. Et, à ce moment-là de ma vie, je ne la trouvais pas dans l'enseignement du judaïsme. Étudiante à Breslau, je m'étais liée d'amitié avec un juif pratiquant. Sa vie était réglée par les observances juives. Un jour où nous travaillions ensemble, j'ai voulu lui offrir une pâtisserie, eh bien, il l'a refusée sous prétexte qu'il considérait comme interdit ce dont il ignorait la composition. À l'époque, je me moquais de ces subtilités talmudiques. Mais… Hannah, parler nous fatigue. Nous devrions garder le silence entre nous et soutenir ceux qui souffrent plus que nous.

– Moi, j'ai besoin de parler, parler, parler jusqu'au bout du voyage. Si l'on arrive au bout... Et j'espère mourir avant.

Edith ne laissera ni à la fatigue, ni à l'insistance et aux railleries d'Hannah l'occasion de créer des espaces vides dans sa mémoire. Pour rester reliée au Christ-Dieu, elle a besoin de se souvenir. Ne pas lâcher le fil. Elle gardera sa mémoire en alerte. La scène du Yom Kippour est l'une des étapes décisives de sa vie.

Edith a 14 ans. Elle a accompagné sa mère à la synagogue et a assisté à la cérémonie à son côté. Mais elle a passé tout son temps à fomenter une vraie révolte, prenant deux décisions sur lesquelles elle ne reviendra pas : elle n'ira plus à la synagogue pour la bonne raison qu'elle ne croit plus en cette religion imposée par la famille ; et elle abandonnera des études qui ne lui apportent plus rien, ne répondent pas aux questions qui commencent à lui occuper l'esprit et dont l'école fait peu de cas, comme elle fait peu de cas des transformations physiques se préparant en elle et dont elle ressent les prémices. Elle veut fuir ce milieu petit-bourgeois dans lequel elle est née, et qu'elle juge trop étroit pour accueillir sa quête de liberté et d'absolu. Au retour de la synagogue, alors que sa mère a tendrement pris son bras, elle se sent sûre d'elle, prête à se colleter à la raison qu'elle va lui opposer.

Elle la regarde marcher, son livre de prières à la main, le visage fermé, la tête pleine de comptes, de chiffres qui l'empêchent sans doute de réfléchir à la vie, aux problèmes essentiels qu'elle se pose, elle. Elle ne restera pas sans réponses, elle ira au-devant d'elles, imposera sa quête de sens. S'il le faut, elle quittera Breslau, cette maison du 38, Michaelisstrasse, elle se séparera de sa fratrie dont l'avenir est déjà calqué sur celui de la mère et, de fait, Arno, ce frère aîné, si brillant, a fini derrière la caisse du commerce de bois.

Elle a besoin d'une grande respiration pour mieux comprendre ce pourquoi elle est née. Ce pourquoi elle traverse la vie. La gloire continue de nourrir ses rêves les moins fous. Ce n'est pas dans le quartier commerçant de Breslau qu'elle la connaîtra. Edith veut s'offrir au monde et le monde s'ouvrira devant elle. Quelque chose viendra… Elle le pressent. Et ce pressentiment l'engage à agir.

Le parcours de la synagogue à la maison s'effectue en silence. Elles traversent la grande place Blücher sous la neige et les bourrasques de vent d'un mois d'avril tempétueux, puis suivent le quadrillage régulier des rues voisines jusqu'aux rives de l'Oder au-dessus desquelles les mouettes éparses s'évaporent dans le ciel chargé de nuages.

À quoi pense sa mère ? Aux stères de bois, aux « forces divines » dont elle émaille toute conversation ? Elle prie Dieu sans s'interroger sur son existence. Comment est-ce possible de se laisser embarquer dans de telles histoires où un Dieu suprême décide de tout ? Par tradition ou transmission, depuis des générations de Stein ?

Avant Edith, Paul et Else ont déjà pris leur distance avec le judaïsme. Le frère aîné s'est marié sans le consentement de Mme Stein ; quant à Else, qui, malgré sa réussite à l'École normale, n'a pas obtenu de poste d'enseignement à Breslau ou en Prusse parce qu'elle est juive, elle a fini par se faire embaucher dans une école privée à Hambourg. Elle y a rencontré un cousin de Mme Stein et s'est fiancée avec lui deux mois après son arrivée dans la ville.

Si le mariage de son fils aîné, Arno, a causé du chagrin à Mme Stein, l'annonce de celui de sa fille aînée l'a trop tôt réconfortée. La bonne nouvelle a été hélas accompagnée d'une autre beaucoup moins réjouissante : les deux époux, déclarant qu'ils étaient incroyants, ont refusé toute cérémonie religieuse. Dans ce climat de contestation antireligieuse au sein de la fratrie, Edith, la dernière adolescente de la famille, a laissé vaciller sa foi d'enfant.

De retour à la maison, alors que Mme Stein s'apprête à mettre son grand tablier et retourner à la scierie, Edith tente de saisir l'occasion pour lui faire part de sa décision. Mais Mme Stein ne cesse d'égrener les tourments que lui occasionne sa pauvre vie.

– Tu te livres à des occupations commerciales trop ennuyeuses, reproche-t-elle à sa mère.

– Aurais-tu honte de ta mère, mademoiselle l'intellectuelle ? Décidément, prier ne t'apaise pas, réplique Mme Stein.

– Prier ? Je t'accompagne à la synagogue pour te faire plaisir mais je m'y ennuie. Il ne s'y passe rien ! Rien qui me bouleverse ! Le ciel est vide.

– Tu es en pleine crise, demain tu auras changé d'avis et tu viendras prier avec moi à la synagogue... La prière est un bonheur. Nous ne pouvons pas vivre sans communion avec les forces divines. Elles nous gouvernent, nous viennent en aide. Edith, le ciel n'est pas vide.

– Des forces divines ? Eh bien, moi, je n'y crois pas.

– Dieu est ma force, répond Mme Stein.

« Dieu est ma force », répète Edith en elle. Que de temps perdu avant d'avoir éprouvé ce besoin de Dieu, cet appel vers l'éternel amour.

La conversation se poursuivant entre sa mère et elle, elle lui lance au visage sa seconde décision : elle abandonne ses études. Elle refuse d'entrer au lycée.

– Je suis convaincue d'être destinée à une vie remplie de gloire et de bonheur, dit Edith, mais je refuse de me plier aux lois de la religion comme à celles du système scolaire.

La réponse d'Edith ébranle sa mère.

Mais, toujours très prudente, Mme Stein lui demande comment elle compte gagner cette vie de gloire et de bonheur.

– Ma seule prière est ma soif de liberté.

La maison, la synagogue, l'école... Autour d'elle, il n'y a que des prisons. La prison est partout, même en elle. Elle martèle aujourd'hui la porte de cet enfermement. Elle laisse sa mère abattue par ses propos.

Elle n'en dira pas plus sur ce qui frémit en elle, la transporte ou la torture. C'est toujours et encore son secret.

Mme Stein juge finalement que la décision d'Edith témoigne d'une maturité certaine chez sa plus jeune fille et ne s'oppose pas à ce qu'elle quitte l'école. Oui, mais que va-t-elle faire ? Voyager ? La famille au budget serré ne peut pas le lui permettre. Demeurer dans ce qu'Edith a coutume de nommer son « cocon intérieur » ? Sa mère l'en dissuade au nom de ses deux religions : le judaïsme et le travail.

Avant d'abandonner la conversation, Mme Stein revient sur la perte de foi d'Edith. En quoi croit-elle, si elle ne croit plus aux forces divines ?

Edith s'entend répondre d'une voix assurée.

– Maman, je crois en moi.

– Cela suffit-il pour vivre ? réplique Mme Stein.

– Je veux être libre.

Pendant les vacances de Pâques, confrontée à sa résolution, Edith se demande comment elle doit s'y prendre pour explorer le monde et la vie, pour exercer sa liberté. Effectuer un pas de côté ? Pourquoi pas. Elle hésite et la solution vient de Hambourg, où Else a mis au monde un second enfant. À sa requête, ayant appris que sa sœur abandonne ses études, elle l'installe chez elle et s'efforce de lui apprendre comment une femme doit tenir une maison et s'occuper de sa progéniture. Cette grande sœur, de quinze ans son aînée, s'applique à lui faire aimer les tâches ingrates de mère de famille. Le mari, de son côté, un dermatologue ombrageux, autoritaire et peu aimant, reproche à Else de confier ses petits à une « fille aussi rêveuse » que sa sœur.

Mais à quoi rêve donc Edith ? Pas plus que dans le cercle familial de la maison de Breslau, pas plus qu'à l'école, dans le foyer d'Else à Hambourg, elle ne se sent à sa place. Les nombreux livres qui s'y trouvent, notamment de psychologie, discipline pour laquelle elle se passionne au cours de ce séjour, lui ouvrent les yeux et l'esprit. Mais l'apprentissage de la vie de famille s'avère plus ennuyeux encore que l'école et, malgré sa bonne volonté et les sentiments affectueux qu'elle porte à sa sœur et à ses neveux, elle comprend qu'elle n'est pas faite pour cela.

Finalement, elle juge qu'il est préférable de reprendre ses études.

– À l'époque la seule religion possible me semblait être le savoir.

– Tu avais pris le bon chemin, un monde d'où Dieu est exclu.

Hannah s'interpose dans le récit de sa mémoire.

– Un monde de la révolte, poursuit-elle, contre toutes les sottises que font avaler aux gens les Églises pour leur faire oublier qu'un jour ils vont mourir et qu'avant ils devront accepter d'être spoliés et exploités.

Des années plus tard, Edith est la seule étudiante inscrite en psychologie à l'université de Breslau. Des questions métaphysiques l'habitent et elle a hâte d'y répondre. Hâte d'étudier, hâte d'apprendre. Elle porte en elle le pressentiment qu'une mission l'attend : combattre les injustices, à commencer par celles que l'on ne cesse de commettre envers les femmes.

– Dieu m'inspirait.

– Dieu ! Dieu ! Dieu ! Regarde ce que ton dieu fait pour nous ! dit Hannah. Croire encore en Dieu après toutes ces exactions contre les juifs !

La voix perçante d'Hannah fait tourner les regards dans leur direction. Et Edith, elle, s'enferme dans ce temple intérieur où est enfoui l'amour de Dieu.

Dans le wagon, ceux qui étaient assis ont dû laisser leur place à d'autres, sur l'ordre de Heisenberg. La mère enceinte s'est précipitée, emmenant avec elle sa petite fille dont les cheveux qui ne sont plus retenus par le nœud couvrent maintenant le visage.

– Que les enfants viennent s'asseoir ! crie Heisenberg. Après, ce sera le tour des plus âgés.

Mais les enfants, craintifs, s'accrochent à la main du parent avec lequel ils ont été arrêtés. Seul le petit garçon qui, quelque temps après le départ du train, a dit à Hannah qu'il cherchait son père, s'avance vers la porte et s'assoit auprès de la femme enceinte.

– Faites-les avancer ! dit Heisenberg, s'adressant aux parents.

Les enfants finissent par se frayer un passage entre les adultes et prendre place. Exténués, ils s'endorment.

Edith observe Heisenberg. Il fend la foule dans sa direction. Souhaite-t-il qu'elle le seconde dans l'organisation durant le trajet ? Quand il parvient à sa hauteur, Hannah la pousse du coude et lui souffle à l'oreille :

– Méfie-toi, il a une tête de salaud.

– Je voudrais savoir pourquoi vous portez l'étoile, demande-t-il, d'une voix forte et peu aimable.

– Parce que je suis juive, répond Edith.

– Comment ça, juive ? Alors pourquoi vous portez cet habit de religieuse catholique ?

– C'est un habit conventuel de Carmélite, rectifie-t-elle.

– Vous dites que vous êtes juive alors que vous êtes catholique ? Ou bien on est juif ou bien on est catholique, pas les deux.

– Parce que je suis juive, j'ai été arrêtée et enfermée dans ce wagon.

– Ce sont les éminences catholiques des Pays-Bas qui sont responsables de notre arrestation et de ce que nous sommes en train de vivre, vous savez ça ?

– Non, les seuls responsables sont les autorités allemandes. Les évêques des Pays-Bas ont réagi pour s'opposer à la déportation prochaine des juifs du pays.

– S'ils n'en avaient rien fait, nous n'aurions pas été déportés, insiste Heisenberg. Si le pape des chrétiens n'a pas jugé bon de réagir, pourquoi les évêques des Pays-Bas se sont-ils précipités ?

– Ils ont voulu attirer l'attention du monde entier sur les arrestations de juifs dans les pays envahis par Hitler et son armée, répond Edith.

– Il était question surtout de sauver les juifs convertis, réplique Heisenberg. Un vrai fiasco et, résultat, les juifs restés fidèles à leur religion et à leur tradition que vous avez trahies ont tous été embarqués.

Edith n'a pas le temps de lui répondre. L'aurait-elle fait ? Une femme qui, sans le montrer, a écouté la conversation, intervient.

– J'étais à la messe quand la lettre pastorale des évêques des Pays-Bas s'opposant à la déportation des juifs catholiques a été lue en chaire. Ma mère tenait à ce que je me convertisse pour ne pas être arrêtée.

Elle est entre deux âges, petite et chétive, des lunettes cerclées d'or posées sur un nez aquilin, les cheveux déjà grisonnants.

– Je donne raison à ce monsieur, dit-elle, désignant Heisenberg. S'il n'y avait pas eu cette lettre pastorale, concernant les juifs convertis, nous, les juifs, nous n'aurions pas été arrêtés. Ils sont venus nous chercher, moi et d'autres, à l'intérieur de l'église. Et nous ne serions pas en route vers l'Allemagne. C'est sûr que nous allons en Allemagne, n'est-ce pas ?

– D'après l'inscription que tout le monde a pu voir, nous allons à Auschwitz, et Auschwitz est une ville polonaise, rectifie Heisenberg.

Elle s'interrompt un instant, pensive, avant de poursuivre :

– Ils nous ont embarqués avec comme destination un camp de travail. C'est ce qui m'a été dit. Regardez ces pauvres enfants, à quoi les SS vont-ils les occuper ?

Les enfants endormis ressemblent à des poupées de chiffon répandues sur le sol. Une rumeur sourde emplit le wagon, des voix nerveuses s'élèvent dans la chaleur, la poussière et la puanteur. De loin, c'est encore une femme qui s'adresse à Edith, forçant le ton pour se faire entendre :

– Quelques jours après la lecture de la lettre des évêques dans les églises, les SS m'ont enlevé mon mari, puis mes fils. Votre Dieu, ajoute-t-elle, ne va pas vous épargner. Votre habit n'impressionnera pas la Gestapo.

– Nous devons garder confiance, suggère Edith, Dieu ne nous abandonnera pas.

– Votre Dieu, j'en ai rien à faire, réplique Heisenberg. Je suis juif, mais je ne crois plus en rien.

Et il lui tourne le dos, cherchant à éviter son regard.

– Nous ne voulons plus croire en rien, ne nous parlez plus de votre Dieu, il va nous porter malheur ! crie une vieille, un peu bossue, tassée entre ses deux voisins.

Elle porte encore le tablier noir de commerçante, semblable à celui de Mme Stein, qu'elle n'a pas eu le temps d'enlever au moment de son arrestation.

– Madame… Je ne sais pas comment il faut vous appeler, hésite-t-elle.

– Sœur Thérèse-Bénédicte de la Croix, répond Edith.

– Sœur Thérèse-Bénédicte de la Croix, répète-t-elle, lors du vote au référendum lancé par Hitler, vous avez donc voté pour le Führer ?

– Pourquoi dites-vous cela ?

– Parce qu'il a été écrit dans les journaux, et rapporté à la radio, que dans les couvents le vote était en sa faveur.

– Non, ma sœur n'a pas voté pour Hitler, déclare Rosa.

Elle parle d'une ample voix qui fait se retourner Heisenberg et ceux qui l'entourent.

– Vous étiez obligées, poursuit la femme.

– Non, répond Edith, d'un ton ferme et posé. Je suis aux ordres de Dieu et de Lui seul.

Un silence s'installe dans le wagon. Hannah s'est accroupie et tente de lire sa bible trotskiste. Un cahot la jette par terre, Edith l'aide à se relever. Les autres se sont éloignés. La commerçante a rejoint les religieuses avec lesquelles elle prolonge la conversation. La réponse d'Edith ne semble pas l'avoir convaincue.

– Qu'est-ce que c'est que cette histoire de vote pour Hitler dans les couvents ? demande Hannah, intriguée.

– Après le vote, la Gestapo a décidé d'agir contre moi, explique Edith.

– Parce que tu as refusé de voter ? insiste Hannah. Tu aurais donc mené un combat contre Hitler ?... Mais pourquoi, aujourd'hui, as-tu tout abandonné ? Tu sembles complètement aveuglée, sourde au monde des vivants. Et, pour moi, tu es morte.

– Pas si morte que cela. Je combats contre vous et pour vous, répond Edith.

En avril 1938, au Carmel de Cologne-Lindenthal, où Edith est entrée cinq ans auparavant, arrive une lettre lui annonçant l'annexion de l'Autriche par l'Allemagne le mois précédent et, en mai, la préparation d'un référendum organisé par Hitler, Führer du Reich depuis l'été 1934, et la tenue d'élections au Reichstag. Aux deux questions posées, « Êtes-vous d'accord avec la réunification de l'Autriche et du Reich allemand effectuée le 13 mars ? Donnez-vous votre voix à la liste de notre Führer Adolf Hitler ? », les électeurs se voient contraints de donner une unique réponse. Aux yeux d'Edith, les intentions du Führer sont claires : il entreprend de semer la terreur dans son propre peuple.

Chargée d'enseigner le latin aux sœurs du Carmel, elle saisit toutes les occasions pour faire campagne contre le référendum, rappelant aux jeunes sœurs les paroles de Hitler au moment des rassemblements du début des années 1930 : « On est soit chrétien soit allemand, mais on ne peut pas être les deux à la fois. » Hitler n'a qu'un unique objectif : détruire le christianisme au profit d'une nouvelle religion, le national-socialisme. Les sœurs se montrent attentives aux discours de leur professeur, mais demeurent souvent dubitatives.

Le jour du vote, une surprise attend le Carmel : des hommes de la Gestapo envahissent les lieux et entendent se charger de recueillir les votes dans l'urne. Edith, elle, choisit de rester prier dans sa cellule. Quand les religieuses ont déposé leurs bulletins, les policiers constatent que, par rapport à leur liste, le compte n'y est pas. Deux bulletins manquent dont celui du docteur Stein. Interrogée, la prieure confie que l'une des sœurs ne jouit pas de toutes ses facultés mentales.

– Et le docteur Stein ? questionne le policier.

– Le docteur Stein n'est pas aryenne.

Désormais, Edith est fichée.

Au cours de ce terrible mois d'avril 1933, lorsque a été créée la police spéciale, Hitler a donné dans la presse des définitions scandaleuses des juifs et des Aryens, faisant des juifs des étrangers à la nation allemande. À l'occasion de la cérémonie de Noël, Edith écrit un texte, qui sera publié, dans lequel elle rappelle que, pour les chrétiens, il n'y a pas d'« étranger ». Le prochain est toujours celui qui se trouve devant soi, et qui a besoin d'aide, qu'il soit pauvre ou non ; que nous le trouvions sympathique ou non ; qu'il soit ou non moralement digne de l'aide que l'on va lui apporter. L'amour du Christ ne connaît pas de limites.

– Qu'allons-nous devenir ? demande à Edith la femme arrêtée dans l'église. Moi aussi, je prie, mais j'ai le sentiment de prier dans le vide.

– Remettons notre avenir à Celui seul qui le connaît, lui répond Edith, d'une voix douce et sereine.

– Si vous priez dans le vide, c'est qu'il n'y a que du vide ! réplique Hannah.

Elle ne quitte plus son carnet sur lequel elle prend des notes.

La femme hausse les épaules et lève les yeux vers le toit de planches du wagon.

– Il n'y a même plus de ciel ! gémit-elle.

– Il devrait y avoir au moins une lucarne, se plaint Hannah. On va crever si on ne respire pas.

Entre-temps, les enfants assis se sont réveillés et commencent à chahuter. Quelques sourires apparaissent sur leurs traits tirés par la peur, la faim, la soif, et cette chaleur de plus en plus suffocante. Ils se chamaillent gentiment en jouant et finissent par laisser échapper des rires.

Edith est encore tout émue de l'altercation avec Heisenberg. Il ordonne maintenant aux enfants de se lever et de laisser leur place à d'autres. Elle aurait souhaité pouvoir lui dire à lui, à Hannah et aux autres, que dans son testament, à la veille de prendre l'habit, elle a écrit : « Dès maintenant, j'accepte la mort que Dieu m'a préparée, en pleine soumission à Sa très sainte volonté et avec joie. »

Le Seigneur a pris sa vie pour tous. Comme la reine Esther, choisie pour intervenir en faveur de son peuple auprès du roi, elle a été élue, elle, faible et impuissante petite Esther, par un roi très grand et très miséricordieux.

Si elle revient de ce voyage, il lui faudra écrire comment elle a jeté un pont entre judaïsme et christianisme. Elle voudrait s'y consacrer tout de suite, aligner des mots précis dans sa tête pour les noter plus tard.

Plus tard ?

Il y eut un temps, celui de l'écriture de sa thèse, celui des déceptions sentimentales, où ses forces semblaient vouloir l'abandonner, où elle n'espérait plus voir un jour la lumière. Pourtant la clarté d'une étoile s'est levée, l'a guidée et ne l'a plus quittée. Elle entend la suivre, fidèle.

« En moi brûle la vie sainte », se dit-elle.

Le jeune homme à la joue entaillée l'interrompt dans ses pensées. Il se précipite pour aider la future mère à se relever et prend l'enfant dans ses bras. Il la serre contre son cœur, et l'embrasse comme s'il s'agissait de cette petite sœur dont il leur a parlé. Les couples plus âgés se sont regroupés et s'assoient maintenant côte à côte, se tassant pour ne pas gêner ceux qui restent debout. Comme les enfants auparavant, ils finissent par s'endormir les uns contre les autres. Ils ont déjà la mort sur le visage.

L'étau s'est refermé sur Edith. Mais rien ne l'a jamais impressionnée.

Novembre 1940. Une convocation la concernant parvient à la prieure du Carmel d'Echt : Edith doit se rendre à Maastricht pour un contrôle d'identité. La prieure lui conseille de se faire accompagner, mais elle choisit d'y aller seule. Enfin, pas vraiment seule : elle sait que, désormais, elle ne sera plus jamais seule et que Dieu ne cessera de l'habiter.

Une bonne dizaine de fonctionnaires l'accueillent par un *Heil Hitler !*, elle répond par un *Laudetur Jesus Christus !*, « Loué soit Jésus-Christ ! ». Dans cette atmosphère de violence, de bruits de bottes et de cris sauvages, dans cet enfer nazi des bureaux de la Gestapo, le nom du Christ devait être prononcé, quoi qu'il advienne. Elle s'en est acquittée.

Un fonctionnaire examine d'un œil farouche ses papiers d'identité, après lui avoir demandé de se tenir à trois mètres de lui.

– Pourquoi n'y a-t-il pas le « J » ? l'interroge-t-il. Ce n'est pas parce que vous êtes convertie et Carmélite que vous êtes autorisée à vous en dispenser.

– Le « J » ? questionne Edith.

– Vous ne savez donc pas que les cartes d'identité des juifs doivent être frappées du « J » pour « juif » ?

Derrière la clôture du Carmel, nul ne lui en a parlé.

– Il y manque aussi le prénom, Sara, poursuit-il, obligatoire pour toutes les ressortissantes juives. Vous ne le savez donc pas ?

– Non. Personne ne m'en a avertie.

– Alors, maintenant, vous en êtes informée, mais il est peut-être trop tard, dit-il, un demi-sourire aux lèvres.

Il se lève, abandonne son bureau, le contourne et s'approche d'elle.

– Je pourrais vous faire arrêter pour port de faux papiers d'identité.

– Ils ne sont pas faux, réplique Edith. Il y manque en effet ces mentions, mais j'en ignorais tout, je vous l'ai dit.

Elle parle d'une voix posée.

– Maintenant, vous le savez ! Je vous somme de mettre ces papiers en règle si vous ne voulez pas être mise aux arrêts.

Quand il la fait sortir, il se campe face à elle, et lui lance :

– Une juive qui en plus renie sa religion !

Soudain, le sentiment d'une présence en elle la saisit, une présence protectrice, lui permettant, face à une rangée de SS, de marcher sereinement en direction de la porte de la préfecture où elle espère ne plus revenir.

Pourtant, deux ans plus tard, en avril 1942, à nouveau, elle y a été convoquée avec sa sœur pour acheter l'étoile qu'elles doivent désormais porter.

Cette fois, elle reçoit un accueil plus compassé d'un fonctionnaire originaire de Cologne dont la femme a assisté à des séminaires qu'elle a présidés. Il remet aux deux sœurs leur étoile, les fait payer et, les raccompagnant, il les prend à part pour les informer qu'un bombardement a eu lieu sur Cologne, provoquant des incendies dans la ville et notamment dans l'église des Carmélites, désormais entièrement détruite. Ensuite, il aide Edith à agrafer l'étoile sur son habit conventuel et recommande aux deux sœurs de ne plus sortir sans elle, sous peine d'être arrêtées et déportées.

– Je dirai à ma femme que je vous ai rencontrée, glisse-t-il alors qu'elles s'apprêtent à quitter le bureau. Une amie lui a prêté des textes que vous avez écrits, poursuit-il. Je crois qu'elle était à l'université avec vous. Si, un jour, je peux vous aider…

Elle ne se laissera pas enfermer dans la peur. Elle ne connaîtra pas l'abandon. Heisenberg lui fait signe que son tour est venu, et aussi celui des « gens d'Église ». Deux religieuses hollandaises, Ruth et Alice, saisissent l'occasion. Elles dissimulent leurs jambes sous leur habit conventuel et se tiennent le plus droit possible pour éviter de se laisser aller à l'engourdissement et au sommeil.

Edith cherche du regard la femme enceinte. Quand elle l'aperçoit enfin, elle lui propose de prendre sa place. Ses paroles se perdent dans un brouhaha.

– J'ai dit que c'était chacun son tour, s'écrie Heisenberg. Pas question que nous soyons deux à donner des ordres.

– Je ne cherche pas à donner des ordres, s'explique Edith. Cette femme attend un bébé, partageons un peu plus d'humanité entre nous si nous voulons, comme vous l'avez affirmé, arriver debout à notre destination.

– De l'humanité, lâche l'homme d'une voix forte, alors que dans ce wagon à bestiaux on a le sentiment d'aller à l'abattoir !

– À l'abattoir ? fait une voix pleine d'effroi.

Ce que vient de dire Heisenberg provoque une vague d'angoisse. Regrette-t-il ses paroles ?

– Avec cette litière au sol qui dégage une odeur pestilentielle... C'est vraiment un wagon à bestiaux, reprend-il.

– Ne perdons pas confiance en notre destin, tente Edith.

Heisenberg porte sur elle un regard farouche.

Après s'être assise, la femme enceinte adresse à Edith un signe de remerciement.

« La mission d'accomplir en soi un être vivant en devenir et en croissance, de le porter et de le nourrir, conditionne une certaine intériorité. » À la vue de cette femme, les deux mains posées sur son ventre rond, cette phrase remonte en elle. Elle en est convaincue, le processus mystérieux d'un nouvel être dans l'organisme maternel produit une unité si intime de l'âme et du corps que celle-ci est la marque même de la nature féminine.

– De toute façon, l'enfant ne naîtra pas, remarque une femme. Enceinte, elle ne servira à rien dans un camp de travail. Je me demande ce qu'ils vont lui proposer.

– Vous n'avez pas le droit de dire cela devant l'enfant, dit le jeune garçon qui tient toujours la petite fille dans ses bras.

Il se penche vers Edith.

– Comment faut-il vous appeler ? Moi, c'est Werner.

– J'ai pris l'habit sous le nom de sœur Thérèse-Bénédicte de la Croix, répond Edith, mais on m'appelle sœur Thérèse-Bénédicte.

– Sœur Thérèse-Bénédicte a raison, reprend-il, il faut que nous ayons plus de compassion les uns pour les autres.

– Taisez-vous ! lance Heisenberg. Vous êtes trop jeune pour parler. Jusqu'à l'arrivée, nous devons respecter une certaine organisation.

– Ce qui ne nous empêche pas d'être humains, réplique Hannah.

Le jeune homme l'approuve d'un signe de tête complice.

– Nous sommes tous dans la même galère, reprend-il, nous devons nous entraider.

Hannah tend la main au jeune homme.

– Moi, c'est Hannah. Et toi ?

– Werner. Vous avez l'air de connaître cette religieuse ? Il me semble que c'est Edith Stein, la philosophe, non ?

– En chair et en os, lui répond Hannah.

– Je ne savais pas qu'elle s'était convertie, et encore moins qu'elle était devenue religieuse.

– Carmélite ! Derrière le cloître ! Décevant, non ? Pour l'intellectuelle qu'elle a été.

– Comment passe-t-on de la philosophie au cloître ?

– C'est ce que je voudrais comprendre ! J'essaie même de prendre des notes. Pas facile dans cet enfer !

L'altercation avec Heisenberg et les autres a réveillé Rosa. Elle s'étire et tourne des yeux boudeurs vers sa sœur.

– Si tu continues à tenir ce genre de discours, ils vont tous se liguer contre nous, lui dit-elle.

– Mais non, il ne nous arrivera rien, corrige Edith. Au contraire, nous devons leur apporter à tous de l'espérance, par nos paroles et par nos prières. Tu dois m'y aider.

– J'ai vraiment peur de ce qui peut advenir, s'entête Rosa.

– Ne perds pas confiance, toi non plus, Dieu est en toi, écoute-Le.

Rosa la foudroie du regard. Ce regard noir, hostile, qu'elle lui a bien connu. Troublante Rosa, la seule des enfants Stein à ne pas avoir poursuivi d'études, la seule à ne pas avoir connu l'amour, décourageant toute tentative de lui présenter un « bon parti », selon l'expression de leur mère. Ainsi a-t-elle entretenu une sorte d'insatisfaction qui, avec le temps, a aggravé son caractère emporté et son agressivité.

Devenue l'intendante de la maison Stein, elle élevait le ton au moindre conseil donné par sa mère, la rabrouait si elle se plaignait de ses trop longues journées. Mme Stein, qui n'avait toujours aspiré qu'au calme et à cette paix familiale qu'elle avait louée avec tant d'insistance auprès de ses enfants, endurait altercation sur altercation avec Rosa, mais aussi avec son fils Arno.

Grâce à un capital apporté par son épouse, Arno s'était associé à sa mère et il se comportait en petit tyran. Trop de scènes pénibles éclataient au cours desquelles Mme Stein ne se risquait plus à émettre le moindre souhait par peur d'essuyer un refus, de soulever une colère, s'attirer une brimade.

Le regard de plus en plus menaçant de Rosa a ouvert une brèche sur le passé, cette vie d'avant que l'on pouvait croire effacée et qui lui donne le vertige.

Quelques mois avant la déclaration de la guerre de 1914, elles sont chez Else à Hambourg. Edith est venue de Göttingen où elle poursuit des études de philosophie, et Rosa de Breslau. Après des journées en famille, le soir, dans la chambre qu'elles partagent, elles se racontent leur vie. Rosa toujours dans les plaintes et la frustration, Edith dans l'enthousiasme d'une vie amoureuse.

– Qui est ce Hans dont tu parles dans tes lettres ? questionne l'envieuse et insatisfaite Rosa.

– Rosa, je me croyais au-dessus de toutes ces servitudes de l'amour, ces histoires compliquées de sentiments et, finalement, je suis tombée amoureuse de Hans.

Hannah la voit chanceler.

– Que t'arrive-t-il ?

– Rien… On se dit qu'on s'est toujours refusé à s'installer dans le passé, et voici que le passé revient vous troubler.

– Le passé… Je n'ai plus de passé, dit Hannah. Pour une fois que j'aimais vraiment… Les SS ont arrêté Friedrich, mon grand amour. Il m'avait offert le livre de Trotski. Nous militions ensemble. Nous rêvions à une humanité meilleure, riche, combattante. L'amour, c'est vivre.

– Souffrance ! rétorque Edith, songeuse.

– Pourquoi parles-tu de souffrance ? l'interrompt Hannah, sortie de ses brumes, le teint de plus en plus fiévreux.

Elle lève les yeux sur ceux du wagon, jette un regard circulaire et soudain dissimule son visage dans ses mains et lance un cri désespéré.

– Ces bourreaux font de nous des esclaves. Regardez-nous ! Regardez-vous !

Elle se met à tourner sur elle-même. Ses voisins s'écartent. Werner tente de lui saisir le bras. D'un coup violent, elle l'envoie promener dans Heisenberg, attiré par le bruit.

– Vous allez vous taire ! crie un homme à l'adresse d'Hannah. Allez faire votre révolution ailleurs !

– Hurler nous tient en vie ! lui répond Hannah.

Les autres reprennent leur place. Leurs genoux commencent déjà à fléchir, leurs fronts sont luisants de sueur, brûlants de fièvre et de chaleur.

Edith pense à cet instant qu'Hannah, Heisenberg et les autres devraient se taire pour épargner ceux qui souffrent autour d'eux, la femme enceinte, les enfants… Mais elle sait aussi que la révolte d'Hannah ne fera que grandir au fil des heures.

Elle ferme les yeux, laissant remonter le courant de sa vie. L'amour terrestre ne saurait être que douleur. L'amour spirituel est le seul qui lui convienne désormais.

À 21 ans, elle rêve d'une vie intense. Tentée par des études de psychologie, toujours habitée par ce désir d'aller vers son prochain et de mieux le connaître pour mieux l'appréhender, l'enseignement reçu à l'université de Breslau la déçoit. Elle éprouve le besoin de nouvelles aventures intellectuelles. Sur les conseils de son cousin, Richard Courant, et d'un ami de l'université, Georg Moskiewicz, dit Mos, elle s'inscrit à l'université de Göttingen, où Edmund Husserl a créé un nouveau courant philosophique, la phénoménologie. Le terme a déjà été utilisé par Hegel, à qui Husserl l'a emprunté.

Avant son départ, Edith a étudié à fond les *Recherches logiques*, première publication des travaux de Husserl, lecture que lui a recommandée Richard, et elle y a trouvé une méthode de pensée qui correspond à son désir d'inspirations nouvelles. Moskiewicz l'a alléchée en lui racontant qu'à Göttingen on philosophe à longueur de journée. Lui-même d'ailleurs est sur le point de s'inscrire.

Le jour de son arrivée à Göttingen, Edith s'arrête chez *Kron und Lanz*, célèbre salon de thé, à proximité de l'université, où elle découvre l'ambiance bohème de la ville. Là, devant des chocolats fumants et des pâtisseries crémeuses, étudiants et professeurs viennent lire le journal, parler politique ou encore mener des débats d'idées sans fin. Une nouvelle vie s'annonce, une vie plus indépendante, plus enrichissante.

Quelques semaines plus tard, Rose Gutman, son amie qui a fait partie du Trèfle à quatre feuilles et se destine à des études scientifiques et philosophiques, la rejoint. Elles partagent le même appartement au centre-ville, dans l'une des ruelles typiques de Göttingen, près de la place de l'église Saint-Alban, dont elle entend résonner les cloches. Sur les conseils de Mos, elle rencontre Adolf Reinach, le bras droit de Husserl, qui dirige les séminaires, et avec lequel elle se sent d'emblée en confiance. Les entretiens qu'elle a avec ce professeur la confortent dans l'idée que tout en elle la prédestine à ce « retour vers les choses mêmes », comme l'enseigne Husserl, surnommé le Maître, dont elle ne tarde pas à faire la connaissance.

Husserl habite une maison à l'extrémité de la ville. Son bureau, situé à l'étage supérieur, ouvre sur un balcon où il se plaît à méditer. Il y a aussi ce canapé de cuir noir sur lequel Edith a été invitée à s'asseoir, au premier rendez-vous. L'épouse de Husserl, Malvine, est venue la saluer. Elle s'est inscrite à ses cours du mercredi et y entraîne son amie Rose.

La phénoménologie devient sa passion. Au cours de sa seconde année passée à Göttingen, elle renonce à la psychologie pour ne se consacrer qu'aux travaux du Maître.

En ce début du XXe siècle, la raison est en plein marasme, et les intellectuels européens s'interrogent sur sa capacité à accéder à la vérité. Husserl, qui a suivi une formation de mathématicien, ne cherche pas à bâtir un nouvel édifice intellectuel ayant réponse à tout, mais plutôt à imaginer une méthode de raisonnement ouverte qui laisse le champ libre à ses disciples.

Edith a trouvé dans cette méthode de quoi assouvir sa soif de vérité.

Dès les premiers mois, elle est remarquée et adoptée par le cercle restreint des phénoménologues de Göttingen. Il y a là Edmund Husserl, le maître incontesté, Adolf Reinach, le professeur le plus attachant, Max Scheler, le plus admiré, le plus rayonnant aussi, Theodor Conrad, le plus inspiré, Anna Reinach, toujours accueillante, et Hedwig Martius, une brillante philosophe, qui deviendra l'épouse de Theodor Conrad, la meilleure amie d'Edith et, plus tard, sa marraine, au soir de son baptême.

À Göttingen, l'ambiance est à l'étude et à la réflexion, mais des groupes se forment selon les affinités et se réunissent dans les cafés de la ville ou chez un riche propriétaire, M. von Heister, passionné de philosophie, qui les accueille et fait préparer pour eux de somptueux soupers. L'un des étudiants qui, comme Edith, le mercredi après-midi, assiste au cours de Husserl, s'appelle Hans Lipps. Il l'impressionne et la séduit.

Ses premiers élans l'ont laissée perplexe quant au sentiment amoureux. Le bel Hans Biberstein, dont elle a fait la connaissance dans un club de tennis où elle jouait en compagnie de ses sœurs, lui a préféré Erna. Son cousin, Franz Horowitz, qu'elle nomme son « fidèle chevalier servant » et avec lequel elle a partagé des jeux d'enfance puis, plus tard, une relation amoureuse, s'est éloigné d'elle, trop sérieuse à son goût, pour « jouir de la vie » et multiplier les expériences amoureuses. Hugo Hermsen, le chef de groupe à l'université de Breslau, où elle vient de rentrer, l'a subjuguée par son intelligence et sa séduction.

À l'époque, Edith envisage son avenir auprès d'un homme pour faire ce qu'elle appelle un « beau mariage d'amour ». Ce brillant maître de conférences est-il cet homme-là ? Elle perçoit en lui certaines faiblesses qu'elle ne sait taire et cet Hugo tant admiré prend lui aussi ses distances.

Au début de sa relation avec Hans Lipps, elle a le sentiment que leur histoire, qu'elle regarde comme une indiscutable histoire d'amour, est différente.

À l'évocation de Hans, elle ressent une vive émotion. Elle croise le regard de Werner, ce jeune homme qui, peut-être, ne vivra jamais l'amour. Lui, de son côté, pose des yeux intrigués sur Hannah, à nouveau accroupie, s'efforçant de puiser dans Trotski la force de l'espoir.

Dans la petite communauté des philosophes de Göttingen, Hans Lipps est toujours le premier à tirer des plans sur la comète, à avancer avec légèreté des idées originales, lumineuses et fortes. Il prépare tout à la fois l'examen préliminaire de première année de médecine, un doctorat en philosophie et une thèse sur la physiologie végétale. Il affirme s'adonner à des études de médecine et de sciences pour « remplir le temps où il ne peut pas philosopher ». Edith est sous le charme de cet étudiant atypique. En dehors des cours, ils font ensemble de longues promenades dans la ville pendant lesquelles ils parlent philosophie ou architecture, une autre passion de Hans, s'arrêtent dans les cafés pour continuer à débattre de leurs prochains sujets de thèse. Edith ne le montre pas, n'en parle pas, mais elle est amoureuse. Elle imagine que les amoureux n'ont pas besoin de s'avouer leurs sentiments puisqu'une mystérieuse alchimie les lie l'un à l'autre.

Elle veut maintenant chasser ce souvenir de Hans. Elle sort de sa poche son livre de prières, et, tout en lisant, égrène son chapelet. Soudain, une pensée lui traverse l'esprit. Souvent, quand il lui arrivait de voyager pour donner des conférences à travers le pays, elle emportait la photo de Hans. Quand elle rentrait, la photo reprenait sa place sur son bureau. Longtemps, et même après son baptême, elle l'avait conservée.

Elle se revoit la déchirant, quelque temps avant d'entrer au Carmel de Cologne-Lindenthal, sur les conseils de son amie Hedwig.

– Tu veux te donner à Dieu et tu gardes la photo de Hans ? Sois cohérente avec toi-même.

L'aurait-elle gardée sans ce reproche d'Hedwig ?

Quand, en 1915, Hans a été appelé au front, Edith n'a cessé de lui écrire et de lui adresser des friandises et des livres. À l'occasion de permissions, ils se revoient et reprennent leurs discussions. Edith commence à travailler sur sa thèse et elle lui fait part des difficultés qu'elle rencontre. Il l'écoute et lui redonne espoir. De son côté, il affirme très bien travailler sur sa propre thèse, à l'abri d'une tranchée, quand ses supérieurs et la guerre lui en laissent le loisir.

L'une des dernières permissions lui revient très précisément en mémoire.

Hans a fière allure dans son uniforme. Elle l'a attendu le cœur battant, et à nouveau il l'a séduite. Ils ont longuement marché en bavardant, puis se sont arrêtés chez Dillinger où ils ont bu un chocolat. Et, soudain, selon sa mauvaise habitude de toujours dire ce qu'elle a sur le cœur, elle lui reproche ce rendez-vous qu'il lui avait pourtant fixé lui-même, lors de sa précédente permission, mais auquel il n'était pas venu alors qu'elle le savait à Göttingen.

– Je me suis reposé chez ma mère, a-t-il expliqué. J'avais besoin de dormir. J'expérimente le sommeil comme outil de concentration. Plus je suis concentré, mieux je travaille, et plus je dors, plus je suis concentré. Sur le front, il est difficile de se concentrer et de dormir. Comprenez que j'aie saisi l'occasion. Je crois me souvenir que, malgré cela, je ne vous avais pas oubliée...

– J'ai reçu de magnifiques orchidées dont je prends encore grand soin. Mais dois-je parler philosophie avec des orchidées ?

Ils ont ri et, très vite, le reproche a été oublié. Elle revoit cette nuit passée ensemble à Göttingen, où, allant de café en café, d'abord accompagnés d'amis, puis seuls, ils n'ont cessé de parler jusqu'à l'aube. Sur le chemin du retour, Hans lui a pris la main, ses lèvres ont effleuré sa joue. Peut-être est-ce ce jour-là qu'il lui a offert la photo ?

Malgré la guerre, ils continuent à correspondre. Edith l'informe de ce qui se passe à Göttingen, lui reste discret sur son quotidien, évoque le grillon qui l'empêche de dormir ou la chouette qu'il a apprivoisée. Et puis, un jour, il se montre plus précis et annonce ses prochaines fiançailles sans lui fournir plus de détails. Le courrier lui arrive alors qu'elle se trouve auprès de blessés, au centre de la Croix-Rouge dans lequel elle s'est portée volontaire durant les premières années de la guerre. Les mots lui ont brisé le cœur. Tandis qu'elle déshabille les jeunes soldats en sang, elle ne pense qu'à lui. Elle pense à son corps, à cette peau qu'elle n'a jamais caressée.

Pour la première fois de sa vie, elle prend conscience de ses limites et plonge dans de profondes ténèbres. Peu de temps après, elle rentre à Göttingen pour reprendre l'écriture de sa thèse, mais n'a en tête que cette terrible nouvelle. L'envie de se jeter sous une voiture ne la quitte plus, comme elle l'avoue dans certaines lettres envoyées à ses amis éloignés par la guerre. Anna Reinach, baptisée quelque temps avant le début du conflit, l'apaise bientôt par des paroles qu'Edith pourrait elle-même prononcer aujourd'hui. Ces paroles chrétiennes qui l'ont éveillée.

La guerre se prolonge. Ses amis étant appelés sur le front. À Göttingen, elle se lie d'amitié avec un jeune étudiant polonais, Roman Ingarden, qui, comme elle, a suivi les cours de Husserl. Pour des raisons de santé, il a été réformé de l'armée. Roman la courtise et réclame son aide pour corriger sa thèse, Edith, elle, s'enflamme, lui consacre du temps, relit son travail, le conseille et l'entraîne dans des discussions philosophiques prolongées, des débats d'idées ainsi que des correspondances buissonnières, comme elle l'a fait avec Hans.

Un soir, au cours d'une promenade, il lui annonce son départ pour Cracovie où vit sa famille.

– Qu'avez-vous de si pressé à faire à Cracovie, voir votre mère ? lui demande Edith, surprise.

Roman hésite avant de répondre.

– Je vais me marier. Ne vous ai-je pas parlé de ma future épouse ?

Il n'en avait jamais rien fait. Les jours suivants, Edith s'effondre.

A-t-elle vraiment écrit ces lettres dont elle garde en mémoire certaines phrases qu'elle juge aujourd'hui si audacieuses ? « Mon chéri, ce soir, je veux encore être auprès de toi et te dire plusieurs choses que je ne t'ai pas exprimées... » Des lettres dans lesquelles elle lui affirme qu'il est la « victime de sa déraison ». Roman, lui, s'est toujours contenté de réponses impersonnelles qui l'ont exaspérée.

Malgré tout, les deux amis ont continué à correspondre jusqu'à l'entrée d'Edith au Carmel.

« Tragique final », lui a écrit Roman ce jour-là.

« Une petite goutte de vinaigre, lui a-t-elle répondu, ne peut faire grand mal dans une mer de douceur. »

Longtemps, elle a supplié Roman de ne jamais publier ses lettres. Puis, il n'a plus donné de nouvelles. Qu'allait-il en faire ? Les jeter à la mer ?

Elle revient à Hans parce que, soudain, un événement un peu flou le concernant lui traverse l'esprit.

À plusieurs reprises, Hans avait été vu en compagnie de Mme Clauss, l'épouse d'un professeur et grand ami de Husserl. Quelque temps plus tard, le professeur Clauss avait intenté un procès à Hans, l'accusant d'avoir séduit sa femme et d'être le père de l'enfant qu'elle portait. Le procès avait fait grand bruit. Bouleversée, Edith avait cherché à en savoir davantage auprès de Hans : furieux, celui-ci lui avait répondu qu'il était indigne d'accorder foi aux rumeurs.

Elle ne sait plus. Elle ne veut plus savoir ce qui s'est passé après le procès. Pour elle, le seul amour vrai ne peut être que celui du Christ qui lui a ouvert les bras.

Hannah est revenue vers Edith. Son chemisier rouge colle à sa poitrine.

– J'ai trouvé la raison de ta conversion ! s'exclame-t-elle. Amour sans réciproque. Défaite amoureuse ! Et une grande naïveté de ta part !

– L'amour est un don sans retour, lui répond Edith, avec un sourire bienveillant.

– Crois-tu que je puisse comprendre ce que tu es devenue après avoir lu certains textes militants que tu as écrits ? insiste Hannah.

Edith voudrait se consacrer à la prière mais Hannah ne la lâche pas. Elle veut comprendre son engagement. De temps en temps, Edith la voit prendre des notes. Sur elle ? Sur ce qu'elle observe dans le wagon ?

– Les prémices de mon engagement sont dans le sujet de ma thèse sur l'empathie, lui explique Edith. Et ce n'est pas un hasard si j'ai choisi de faire des recherches sur ce thème.

– Que veux-tu dire ? Dieu t'inspirait déjà ?

– Peut-être... En l'occurrence, l'idée m'est venue en écoutant un cours de Husserl sur « Nature et Esprit ».

Elles sont interrompues par des cris et des pleurs qui proviennent de l'extrémité du wagon.

– Qu'est-ce qui se passe encore ? demande Hannah.

Elle se hisse sur la pointe des pieds et aperçoit Werner qui lui fait des signes. Elle abandonne Edith, se frayant un passage pour le rejoindre.

Au hasard des questions d'Hannah, les souvenirs se mettent à flotter à la surface de la mémoire d'Edith. Au Carmel, elle avait eu le sentiment d'une vie nouvelle consacrée à la prière, ou à l'étude, sans espace pour le passé. Soudain, dans le wagon, il ressurgit et l'envahit, l'encombre.

Ainsi, ce jour où elle s'est rendue chez Husserl pour définir avec lui un sujet de thèse. À son grand étonnement, le Maître l'accueille assez sèchement.

– Avez-vous suffisamment avancé dans votre réflexion pour vous lancer dans un travail personnel ? lui demande-t-il.

Elle ne s'est pas attendue à une telle question et en est affligée. Quelques secondes seulement. Elle ne se laisse pas déconcerter. La seule question qui compte est de savoir sur quel sujet elle va travailler. Devant sa détermination, Husserl envisage différentes propositions. Edith a une idée en tête : l'empathie. Elle l'expose et il approuve.

Selon Husserl, appréhender le monde objectif requiert une pluralité d'individus communiquant les uns avec les autres, l'indispensable expérience des autres. Expérience que Husserl appelle *Einfühlung*, l'empathie, à la suite d'un autre philosophe, Theodor Lipps. Cependant, il n'explique pas ce en quoi consiste l'expérience. Elle explorera donc cette notion.

Se mettant bien vite au travail, elle découvre que ce que Husserl et Theodor Lipps entendent par *Einfühlung* n'a pas grand-chose à voir. Le travail s'annonce considérable.

Elle multiplie les lectures et s'aperçoit que les livres ne lui sont d'aucune utilité. Le travail la passionne mais, plus elle avance, plus elle a le sentiment de se cogner à des murs infranchissables, de s'épuiser à éclaircir sa pensée sans y parvenir. Son ambition et sa volonté n'y suffisent pas.

Son ami Mos, auquel elle se confie, lui conseille de prendre rendez-vous avec Adolf Reinach, ce professeur tant admiré, et de lui faire lire son travail. Lui seul, pense Mos, est en mesure de porter un jugement à ce stade de l'écriture. Le rendez-vous est donc pris. Reinach lit et l'encourage vivement à poursuivre.

– C'est brillant, Edith, affirme-t-il, votre démarche met en valeur une expérience jamais atteinte. Vous ne vous limitez pas à la lecture intérieure des sentiments, vous recherchez le mouvement, les sensations physiques. Il faut avancer sans relâche.

Travaillant en confiance, elle ne rencontre plus aucun obstacle, et sa plume court sur le papier. Elle a retrouvé du plaisir à mettre en ordre ses idées et à les exposer.

Quand elle se sent prête à faire lire son travail à Husserl, elle le lui envoie. Après lecture, le Maître suggère quelques retouches mais se montre très encourageant.

Encore faut-il achever le travail pour enfin passer l'oral du doctorat avant la fin des cours à Göttingen. C'est à ce moment-là qu'elle apprend la nomination d'Edmund Husserl à l'université de Fribourg-en-Brisgau. Elle va donc devoir passer l'oral avec des examinateurs qu'elle ne connaît pas. Et, à nouveau, l'inquiétude s'empare d'elle jusqu'à ce que Husserl lui promette, dans une lettre, que ses nouveaux collègues accueilleront avec bienveillance sa première candidate au doctorat.

Elle approche de la fin de cette longue période d'écriture quand le directeur du collège Viktoria, où elle a fait ses études, lui propose de l'embaucher, se souvenant d'elle comme d'une excellente latiniste, pour assurer des cours de langues anciennes. Les hommes ayant été appelés au front, il manque de personnel. Faut-il se lancer dans cette aventure alors que sa thèse n'est pas achevée ? Mais, bien sûr, elle ne veut pas manquer une occasion de gagner de l'argent. Elle accepte donc, prépare ses cours, enseigne, et, dans les moments creux, reprend l'écriture de cette thèse qui n'en finit pas.

L'oral est prévu pour le 6 août 1916, dans la salle des séances de la faculté des sciences politiques de Fribourg-en-Brisgau. Pour l'occasion, Mme Stein lui a offert une robe de soie couleur prune comme elle n'en a jamais porté. Avant l'examen, Husserl souhaite la rencontrer. Elle s'en inquiète. En fait, il lui propose de publier dans *Les Annales* une partie de sa thèse.

Elle se souvient de l'impulsion intérieure que lui a donnée cette nouvelle. Elle a été l'occasion de poser à Husserl une question à laquelle elle réfléchit depuis quelque temps, sachant qu'il n'a plus d'assistant, Reinach ayant été appelé sur le front.

– Vous voulez m'aider ? s'est-il étonné.

– J'aimerais vraiment travailler avec vous.

– À partir de cet instant, vous êtes mon assistante.

Quelques heures plus tard a lieu la soutenance de thèse à laquelle assiste le doyen de l'université. Edith obtient la mention la plus élevée et reçoit des mains de Malvine Husserl une couronne de lauriers qu'elle porte tout au long d'une joyeuse soirée.

Par l'empathie, Edith estime qu'il est possible d'éprouver ce que l'autre ressent, et en conséquence d'enrichir son propre vécu. C'est se connaître soi-même à travers autrui. Elle l'a toujours pensé. Si l'on est dans cet état de réception, que l'on soit athée ou agnostique, on peut s'ouvrir au phénomène religieux par l'autre, celui ou celle qui a déjà cheminé vers la religion.

Pendant l'écriture de sa thèse, elle a lu Thérèse d'Ávila, Thomas d'Aquin, saint Jean de la Croix, sans pour autant se sentir concernée par la foi. À l'époque, après la succession de ses méprises sentimentales et son implication, elle aussi décevante, dans la vie politique de son pays en crise, elle consacre son temps au travail intellectuel. Rien d'autre n'a place dans sa vie.

Pour autant, elle a eu plusieurs occasions d'approcher la spiritualité. Sans qu'elle en ait alors vraiment conscience, ses études à Göttingen ont éveillé en elle une sensibilité pour le phénomène religieux. D'origine juive, Husserl s'est converti dans sa jeunesse au protestantisme. Adolf et Anna Reinach, eux, ont fait le choix de l'Église catholique, tout comme Max Scheler, dont elle a tant admiré le regard transparent qui l'a toujours intriguée. Et ses amis Conrad-Martius, Hedwig et Theodor, viennent de se convertir au protestantisme. Elle les a observés, les a écoutés, pourtant leurs conversations à propos de la religion n'ont pas laissé de traces en elle. Depuis qu'elle a perdu sa « foi de l'enfance », comme elle dit, elle est plus préoccupée par la découverte des autres et du monde que par la question de la foi.

Edith se revoit en compagnie de Rosa au cours d'un séjour chez Else, à Hambourg. Rosa l'interrogeant pour savoir si elle a retrouvé sa foi perdue. Elle lui répond: « Désormais, je n'ai qu'une religion, la philosophie. »

Des sanglots, provenant de la rangée de ceux qui sont assis, la ramènent à son douloureux présent. Tandis qu'Hannah cherche des yeux Werner qui vient de se précipiter vers l'extrémité du wagon, Edith tente de comprendre ce qui se passe. Werner lui fait signe de se rapprocher mais il est de moins en moins facile de se mouvoir entre ceux qui dorment debout et ceux que la fatigue, l'angoisse et la peur rendent nerveux et agités, cherchant de vaines querelles à leurs voisins. Edith parvient à rejoindre Werner, occupé à consoler une vieille femme. Celle-ci désigne à Edith une masse informe repliée contre la paroi : le cadavre de son mari.

– Je ne l'ai pas vu mourir, dit-elle entre deux sanglots. J'ai 83 ans, je fatigue vite. Je dormais quand j'ai été réveillée par les cris de la petite fille, celle qui se trouve derrière, accrochée depuis le départ aux jambes de son grand-père, voyez cet homme-là en costume blanc, avec la fillette brune sur ses genoux. Et j'ai vu mon mari mort.

– C'est le premier mort mais ce n'est pas le dernier, constate Heisenberg, toujours avec la même froideur.

Il est venu voir ce qui se passe, attiré par l'attroupement formé autour de la vieille.

– Quand ils ouvriront la porte, je me demande dans quel état ces salauds vont nous trouver, dit le grand-père en pressant la fillette contre ses jambes.

Son pantalon de lin blanc est fripé et il a déboutonné le col de sa chemise dont les manches relevées laissent apercevoir une montre de prix et une chaînette en or autour du poignet.

– Regardez ma petite fille, regardez ses yeux révulsés, continue-t-il, désignant la fillette, si menue et si pâle que l'on croirait une poupée de porcelaine.

Edith se penche vers la petite, dont les cris se transforment en hurlements et qui se débat dès qu'elle tente de la prendre dans ses bras.

– Werner, tenez mon mouchoir et mouillez-le, je le lui passerai sur le visage, dit-elle à l'adresse du jeune homme dont l'expression trahit l'inquiétude.

– Que se passe-t-il ? Il n'y a plus d'eau ?

– Si, mais le peu qui reste est brûlant. Il fait tellement chaud.

– J'ai de l'eau de Cologne, propose la femme enceinte. Je la gardais pour Rose et moi, mais si c'est pour l'enfant, je veux bien que vous humectiez votre mouchoir. Mais… La petite va-t-elle se laisser faire par vous, ma sœur ? s'inquiète-t-elle, regardant l'enfant qui continue à hurler et à se débattre.

– Elle doit être impressionnée par votre habit… ce voile qui tombe… suggère le grand-père, se tournant vers Edith.

– Laissez-moi faire ! dit la mère de la petite Rose. J'ai l'habitude, j'attends mon quatrième enfant.

Elle s'empare du mouchoir, verse dessus quelques gouttes, referme le flacon qu'elle range aussitôt au fond de son sac et s'approche en murmurant des mots tendres vers la petite fille. Celle-ci ouvre de grands yeux noirs tout en continuant de pleurer. D'une main, la femme lui soulève les cheveux et, de l'autre, elle lui applique sur le front le mouchoir qu'elle a roulé. Les cris s'apaisent peu à peu et l'enfant se laisse câliner, tout en restant accrochée aux jambes de son grand-père.

– Rose, viens avec la petite, propose-t-elle à sa fille.

Rose s'avance. Elle a troqué sa valise contre un ours en peluche qu'elle tend à la petite.

– Comment t'appelles-tu ? demande la mère de Rose à la fillette.

– Helen ! répond le grand-père, souriant à Rose. Et vos autres enfants ? questionne-t-il.

– Aux États-Unis, avec mes parents, mais…

Sa voix se brise dans un sanglot.

Pendant ce temps, Heisenberg, aidé de deux autres hommes, a transporté le cadavre du mari de la vieille femme à l'une des extrémités du wagon, à l'opposé de l'endroit réservé à ceux qui s'assoient, recouvrant le corps d'un large châle gris tiré de sa valise.

– Sœur Thérèse-Bénédicte ?

Le jeune Werner s'est approché d'Edith. Depuis l'altercation avec Heisenberg, il ne l'a plus vraiment quittée, se débrouillant pour conserver sa place auprès d'elle malgré les cahots du train, s'arrêtant, repartant brusquement.

– Pardonnez-moi, j'ai écouté votre conversation avec Hannah. Je comprends votre engagement, moi, je peux le comprendre. Je ne suis pas fermé à la démarche religieuse. Puis-je vous poser une question ? Pourquoi vous appelez-vous Thérèse-Bénédicte de la Croix ? Pourquoi « de la Croix » ?

Il explique que ses parents l'ont fait se convertir à cause des événements et avoue qu'il ne connaît rien à la religion catholique.

– En revanche, j'ai lu la Torah avec mon grand-père qui est rabbin, ajoute-t-il. Alors qu'est-ce que signifie la croix pour vous ?

Edith joint les mains et elle les pose sur ses yeux. Dans le regard de Werner, il y a comme un cri d'espérance. Les lèvres d'Edith s'entrouvrent sur une prière.

« Le signe qui indique le ciel
Bien au-dessus de la poussière et des brumes d'ici-bas
Elle se dresse haute, jusqu'à la pure lumière.
Abandonne donc ce que les hommes peuvent prendre ;
Ouvre les mains, serre-toi contre la croix :
Elle te porte alors
Jusqu'en la lumière éternelle. »

– J'ai griffonné ces quelques vers, lui confie Edith, non pas pour le plaisir de la poésie, mais pour partager avec mes proches quelque chose de mon regard intérieur. À l'époque, ce que j'écrivais était inspiré de mes lectures de Thérèse d'Ávila et de saint Jean de la Croix.

– Vous avez calqué votre démarche sur celle de Thérèse d'Ávila... Et c'est pour cela que vous vous êtes fait appeler Thérèse,, mais alors pourquoi Bénédicte de la Croix ?

– Thérèse, en l'honneur de sainte Thérèse, réformatrice du Carmel, et Bénédicte, en souvenir de l'abbaye bénédictine de Beuron où, après mon baptême, j'ai passé de nombreuses fêtes religieuses. Beuron a toujours été pour moi l'antichambre du ciel. Et « de la Croix » pour saint Jean de la Croix dont j'admire l'œuvre.

– Quand nous aurons achevé ce terrible voyage, j'espère que vous aurez l'occasion de me faire connaître cette abbaye et de m'enseigner l'œuvre de Thérèse d'Ávila et de saint Jean de la Croix. Aurai-je le droit de venir vous voir au Carmel ?

– À Cologne, comme à Echt, je recevais des visites. La prieure avait consenti à assouplir la règle, faisant preuve d'égards envers moi. Je correspondais avec ma famille et mes amis. Certains faisaient le voyage et nous bavardions au parloir. Après quelques minutes, ils oubliaient la grille qui nous séparait. Thérèse a été plus douloureusement écartelée que je ne l'ai été. Elle a vécu un long déchirement intérieur jusqu'à l'âge de 39 ans, partagée entre les affaires du monde qui, comme elle le disait, la tenaient ligotée et les inlassables initiatives de Dieu.

– Comment a-t-elle franchi le pas ? questionne Hannah, revenue vers eux. Je serais curieuse de le savoir. Il faudrait aussi que tu m'expliques ce que signifient les « inlassables initiatives de Dieu »...

Une expression de reproche paraît sur le visage de Werner. Edith répond, comme toujours, avec calme et compréhension.

La lecture de saint Augustin racontant sa conversion a été décisive pour Thérèse, comme la lecture qu'elle-même a fait de sa « vie ». Quant aux initiatives de Dieu miséricordieux, ce sont des appels.

Hannah hausse les épaules.

– Hannah, je peux te dire que, moi, j'ai entendu Son appel. J'ai entendu « Edith », et j'ai su que c'était la voix de Dieu. Alors, j'ai compris quel chemin allait prendre ma vie. Mon cœur brûlait déjà pour Lui. J'ai alors éprouvé le sentiment d'un grand apaisement et d'un accomplissement dans ma quête de vérité.

– Pure mystique ! s'exclame Hannah.

– Aimer Christ peut aujourd'hui nous délivrer du désespoir.

– Alors, aidez-moi à l'aimer, sœur Thérèse-Bénédicte, supplie Werner.

Edith lui prend les mains et les sert dans les siennes. Le corps du jeune garçon tremble de peur ou de fièvre. La sueur a mouillé sa chemise. Agacée par les propos d'Edith, Hannah tente à nouveau de s'éloigner d'eux, mais elle fait volte-face et revient avec des questions auxquelles Edith aimerait ne pas avoir à répondre.

– Tu rentres à l'université, tu es athée. Quand tu en ressors, tu es chrétienne. Je ne comprends pas cette étrange évolution. L'université nous ouvre plutôt à l'athéisme.

« Boire... Boire... »

Il suffit de prêter l'oreille, comme le fait Edith, pour saisir ce mot sans cesse répété sur les lèvres de leurs compagnons d'infortune. Elle pense au Christ mis en croix, et à sa plainte : « J'ai soif. »

– Tu entends ces plaintes ? Hannah, nous avons tous soif, nous ne devrions plus parler. Regarde nos compagnons de voyage. Beaucoup demeurent silencieux.

– Tu peux quand même expliquer ce phénomène bizarre qui t'a conduite dans un cloître. Tu dois mourir de chaleur sous ton voile !

– Hannah a raison, sœur Thérèse-Bénédicte. Voulez-vous que je vous aide à retirer votre voile ?

– Non, Werner. Je porterai mon habit jusqu'à notre destination. Je le dois à ceux qui partagent avec nous ce convoi.

Un groupe s'est formé autour d'eux. Des femmes pour la plupart, mais aussi des couples. À l'autre extrémité du wagon, d'autres entourent Heisenberg.

– Comment passe-t-on de la religion de ses origines à une autre ? Pour moi, c'est une énigme, dit la mère de Rose.

– Chacun a son propre cheminement, répond Edith.

Heisenberg, qui ne peut pas entendre ce que raconte Edith de là où il se trouve, mais le devine, fait des grands gestes de réprobation.

– Nous devons tous rester unis dans notre judéité, dit-il, de sa voix perçante. Méfiez-vous de ce que vous entendez raconter. Ce n'est pas parce que madame est Carmélite que vous serez sauvés.

Edith ne se laisse pas impressionner par Heisenberg. Elle reprend la parole devant ceux qui souhaitent l'écouter.

– Une personne m'a tendu la main, raconte-t-elle. Elle était l'épouse de mon professeur, Adolf Reinach. Elle s'appelait Anna, et elle a joué un rôle significatif dans ma vie.

Anna Reinach a d'abord contribué à la faire entrer dans le cercle restreint des disciples de Husserl. Un jour, elle lui a dit : « Dieu nous tend la main, encore faut-il être disponible pour l'accueillir. » Cette phrase, Edith ne l'a jamais oubliée. Elle a pris plus d'importance après son baptême.

– Ce que vous a dit votre amie a changé votre vie, ma sœur ? questionne naïvement la femme qui a dit avoir été arrêtée dans une église.

– Oui, c'est magique ! grommelle Hannah.

– Continuez, sœur Thérèse-Bénédicte, demande Werner. Votre expérience nous aidera à mieux vivre ce voyage et à tenir debout jusqu'à notre destination.

Alors, Edith raconte. Après la mort d'Adolf Reinach, tué sur le front, Husserl lui a demandé de rendre visite à Anna. Elle redoute ces instants, craignant de trouver son amie effondrée et de ne pas parvenir à maîtriser devant elle son chagrin. Ce jour-là, une étincelle a brillé en elle. Anna lui a expliqué que, depuis leur conversion au catholicisme, Adolf et elle étaient guidés par la lumière de la foi. Elle ne peut plus vivre sans ce feu qui l'anime. Sa croyance en Dieu lui donne la force de sublimer la douleur.

– Edith, tu ne réagis pas devant ces paroles d'espoir ? l'avait questionnée Anna.

– Le quotidien m'absorbe. Il n'y a pas de place pour le sacré, lui avait-elle répondu.

Plus tard, repensant à ce jour de deuil, elle a compris qu'elle avait été en présence de la puissance de la foi christique.

En fait, sa vraie rencontre avec Dieu s'est produite à Bad Bergzabern, dans le Palatinat, chez ses amis Conrad-Martius. Hedwig lui a-t-elle proposé de choisir un livre dans la bibliothèque ou bien a-t-elle amené avec elle le livre ? Un soir, alors qu'elle reste seule dans leur demeure, elle se plonge dans la vie de sainte Thérèse d'Ávila, et elle lit la nuit entière, si captivée, si fascinée par ce qu'elle découvre et qui la tient éveillée, qu'elle ne peut interrompre sa lecture. Le jour pointe quand elle l'achève.

En refermant le texte, elle se dit : « Là est la Vérité. »

Là est la Vérité. Thérèse d'Ávila lui a ouvert les portes d'un monde inconnu, surnaturel, une union mystique dont elle fait part sans détour, sans théorie. Edith est éblouie. Thérèse lui a rendu accessible l'inaccessible. Sa voie est tracée.

Le lendemain, elle s'achète un livre de prières. Grâce à Thérèse d'Ávila, elle a mis un nom sur le plus grand amour qui soit : Christ. Elle ne dévoile rien à ses amis Conrad-Martius, mais elle ne pense plus qu'à cette union mystique. Comment la réaliser, comment se donner à lui si elle n'entre pas au Carmel ? Thérèse l'a convaincue d'emprunter le cheminement de la prière au sein du Carmel.

Quand Thérèse prie, elle partage une conversation avec un ami qui l'aime, un ami avec lequel s'est créée une intimité.

Edith se souvient d'une scène à laquelle elle a assisté alors que, de passage à Francfort en compagnie de Pauline Reinach, la sœur d'Adolf, elle visite une église. Une jeune femme est entrée, son panier à provisions au bras, un sac à l'épaule, et elle s'est approchée de l'autel, s'est agenouillée pour prier. Puis elle est repartie vivre son quotidien après avoir eu un entretien intime avec le Christ. Cette scène n'a pas quitté Edith pendant des jours.

Thérèse méditait sur la parole de saint Paul : on peut tout en Dieu. Comme ce guide qu'elle vient de rencontrer, cette étoile qui lui montre le chemin, Edith est persuadée qu'on ne peut rien pour soi. Sa vie passée en est la preuve. Grâce à Thérèse, son regard a percé l'autre monde.

À distance, elle a réfléchi sur sa vie, songeant que son choix d'étudier la phénoménologie à Göttingen, sa rencontre avec ses professeurs, les conversations sur le thème de la religion auxquelles elle a participé, même en silence, ont été plus essentiels pour elle que ses études. C'est pour cela qu'elle a fait le choix de Göttingen. Tel a été le projet de Dieu.

– Ma vie entière a été préétablie dans le plan de la providence divine, dit-elle.

– Je comprends ce que vous dites pour l'avoir vécu, intervient une femme, vêtue d'une longue jupe à plis, comme en portent les nonnes, les cheveux bruns recouverts d'un long foulard.

Jusque-là, elle est restée auprès d'Alice, avec laquelle elle a conversé, mais elle ne s'est jamais mêlée à ce qui se passe dans le wagon depuis le départ.

– Ma sœur, comme vous, j'ai moi-même eu le sentiment

d'avoir reçu l'appel de Dieu. J'étais juive, je me suis convertie.

Elle raconte qu'elle a entendu parler d'Edith, qu'elle aussi a suivi un cursus de philosophie et a toujours vécu dans l'agnosticisme, qu'elle a été éprise de révolution prolétarienne et a abandonné l'enseignement pour devenir une simple ouvrière. Sa rencontre avec le Christ remonte à cette époque.

Contrairement à Edith, elle a préféré vivre l'amour absolu avec le Christ dans la vie. Elle a préféré l'action au cloître.

– Le Carmel fait partie du plan divin, répond Edith. Pour Dieu, ma vie est d'une parfaite cohérence.

– Je le comprends, ma sœur. Appelez-moi Susanna. Tentons ensemble d'apporter de l'aide à ces malheureux.

Un homme s'est approché, il esquisse un geste qui montre son intention d'intervenir.

– Les philosophes de Göttingen que vous avez évoqués se sont convertis parce qu'ils sentaient monter l'antisémitisme.

Depuis le début de la conversation, Edith l'a observé, écoutant en silence, hochant la tête parfois.

– Ils ont dit qu'ils avaient la foi, ajoute-t-il, mais en réalité ils ont eu la peur de leur vie et ils ont trahi les juifs. Heisenberg a raison.

– Pour les avoir bien connus, je sais que ce que vous dites est faux, répond Edith, avec autant de calme que de force.

Il se présente :

– Müller, et fier d'être juif.

– Ici, nous partageons tous cette même fierté, dit Werner. Cependant, écouter sœur Thérèse-Bénédicte me fait du bien. J'oublie que je ne reverrai plus mes parents et ma petite sœur.

– Tu es jeune, réplique Müller, tu te laisses emporter par ces bondieuseries.

Hannah est revenue vers le groupe, un sourire sarcastique aux lèvres. Edith a sorti son chapelet et prie.

« La prière, Edith, est le repos de l'âme tourmentée », lui a dit Anna Reinach.

Elle entend encore la voix d'Anna. Comme elle avait raison ! La prière l'a transformée. L'amour divin est plus grand que tous les amours du monde profane. Elle n'est pas née pour ce monde-là, elle est née pour celui où l'on peut laisser exploser sa joie.

– Edith Stein a la chance des illuminés, des mystiques, résume Hannah cherchant le regard d'Edith. Elle plane.

Edith n'a pas le temps de lui répondre. Une voix féminine provenant de l'autre extrémité du wagon hurle.

– Nous allons tous à l'abattoir !

Elle tambourine contre les planches de bois.

– Je veux sortir, crie-t-elle.

Et elle frappe plus fort de ses poings contre la paroi du wagon, accompagnant ces gestes fous de vociférations. Une voisine tente en vain de la calmer. La femme se retourne vers les autres, elle les insulte.

– Nous allons tous mourir s'ils ne nous donnent ni à boire ni à manger.

– Taisez-vous ! dit Heisenberg, élevant furieusement la voix. Ce n'est pas le moment de semer la panique.

La femme se met à sangloter, laissant échapper qu'elle ne veut pas mourir et qu'elle a peur de ce qui va arriver.

Edith voudrait aller vers elle pour la rassurer de paroles douces, mais il lui est difficile de se frayer un passage.

Cela fait des heures qu'ils sont partis de la gare de Westerbork. Le train n'en finit pas de rouler. Parfois, le sifflement de la locomotive indique qu'il va s'arrêter et il met un temps infini avant de repartir, dans le vacarme des vociférations des SS. Ajoutent-ils de nouveaux wagons au convoi qu'ils remplissent avec de pauvres êtres comme les compagnons d'infortune d'Edith ? Un sifflet annonce un nouveau départ.

À chaque arrêt, certains visages blêmissent à l'idée d'être arrivés près de cette ville inconnue dont le nom est inscrit sur le wagon : Auschwitz. D'autres espèrent encore en l'humanité et attendent qu'un SS fasse coulisser la porte pour laisser entrer l'air frais de l'extérieur, que des bidons d'eau et un peu de nourriture soient distribués. Ceux-là s'accrochent aux parois qu'ils abandonnent dès que le sifflet a retenti. Des sanglots se font entendre. On ne sait d'où ils viennent, d'une gorge masculine ou féminine, d'un enfant. Plus une larme ne coule sur les joues des plus jeunes, abattus par la chaleur étouffante, par la faim et par la soif. On ne sait plus qui accompagne qui. Qui a été arrêté avec qui. Les plus âgés sont les plus chargés : ils ont emporté leur vie avec eux. À tour de rôle, ils s'assoient sur leur valise jusqu'à ce que Heisenberg exige d'eux qu'ils rangent contre la paroi sacs et valises.

Werner se charge de la distribution très stricte de l'eau noire du bidon. Le gobelet des sœurs Stein, dont Werner nettoie consciencieusement les bords à l'aide de son mouchoir, passe de l'un à l'autre. Certains, notamment les plus âgés, les plus prévoyants, disposent de leur propre verre qu'ils gardent jalousement dans un sac ou dans une poche sans en faire profiter leurs voisins.

– Sœur Thérèse-Bénédicte, vous avez une idée de l'endroit où nous allons ? demande le garçon qui semble être seul.

Âgé d'une douzaine d'années, il porte un pantalon serré aux genoux et une chemisette qui devait être blanche au moment où il a été embarqué.

– Mon petit, sans doute Auschwitz, puisque ce nom figure sur le wagon, répond Edith. Mais comment t'appelles-tu ? Tu es seul ?

– Je m'appelle Emmy, mais c'est où Auschwitz ? Quand les SS nous ont arrêtés, j'étais avec mon père. Un SS m'a hissé, et quand la bâche est retombée et que le camion a démarré, j'ai cherché mon père... Il n'y était pas.

– Alors, reste près de moi.

– Merci ! J'ai soif, tellement soif et faim.

– Nous avons tous soif et faim, lui répond Hannah.

– Edith, crie Rosa. Je vais me trouver mal, j'ai la tête qui tourne et...

Elle n'a pas fini de parler qu'elle s'évanouit. Aussitôt, le jeune Werner la retient de ses bras. Edith s'empare du sac à main de sa sœur, dans lequel elle trouve un flacon d'eau de Cologne et un mouchoir qu'elle imbibe, puis elle tente de ranimer Rosa en lui frottant les joues et la bouche à l'aide du mouchoir.

– Je vous remercie de votre aide, dit Edith à Werner. Sans doute souffre-t-elle de faim et de soif mais, quand nous étions jeunes, à Breslau, cela lui arrivait souvent de s'évanouir.

– Vous habitiez Breslau ? demande Werner.

Edith répond d'un signe de tête tout en s'occupant de Rosa qui, peu à peu, reprend vie dans les bras du jeune homme.

– Ma famille est de Breslau. Je crois bien que votre mère et ma grand-mère fréquentaient la même synagogue. Je n'osais pas trop vous le dire... J'avais peur de vous déranger.

Edith pense à sa mère et à son terrible regard et, à nouveau, elle voit couler ses larmes, le fameux jour de sa conversion. Elle s'est agenouillée devant elle et les yeux dans les yeux lui a dit : « Maman, je suis catholique. » Aussitôt, elle a lu la souffrance sur le visage de Mme Stein. Ainsi, sa fille a trahi. Ce jour-là, un fossé infranchissable s'est creusé entre elles.

De retour vers le groupe, une femme s'accroche au bras d'Edith. Elle est en pleurs.

– Ma sœur, ma sœur, priez pour moi ! On m'a bousculée quand j'étais sur la tinette et je suis tombée. C'est déjà tellement humiliant d'être là.

– Nous sommes trop nombreux, c'est pour cela que nous sommes sans cesse bousculés, lui répond Edith. Et nous sommes tous épuisés.

La femme se calme, la tête posée sur l'épaule d'Edith.

– Il y a quelques années, poursuit Werner, un jour, à l'université, l'un de nos professeurs nous a parlé de vous. Il nous a expliqué que vous aviez fini par vous éloigner de la pensée de Husserl et que Martin Heidegger avait dit le plus grand bien de votre réflexion. Une photo a circulé dans les travées de l'amphithéâtre mais… vous portiez une robe blanche et vous étiez coiffée d'une sorte de chapeau cloche. Bien sûr, l'habit religieux, ça vous change.

– Comment vous appelez-vous ? l'interroge Edith.

Elle est intriguée par la présence d'un jeune homme de Breslau dans ce train, parti de Westerbork.

– Werner Moskiewicz ! Un cousin de ma mère, muté avant la guerre à Echt, m'a aidé à obtenir un passeport et à passer la frontière, alors qu'il était déjà interdit de quitter l'Allemagne.

– Êtes-vous le petit-fils de Mos... enfin, de Georg Moskiewicz, qui fut mon condisciple à Breslau, puis à Göttingen ? Ce pauvre Mos qui s'est suicidé...

Georg était le frère de son père. Werner avait passé le dernier Kippour avec l'un de ses cousins. Il avouait que, dans la famille, personne ne s'était remis de la mort de Georg. À cause des lois antijuives, ce cousin ne pouvait plus enseigner à l'université et il était en proie à un grand désespoir. Depuis les derniers événements et toutes les interdictions que les juifs avaient subies, Werner n'avait plus eu de nouvelles de lui, ni de la famille. Et il ne savait même pas ce que ses parents et sa petite sœur étaient devenus.

– Ont-ils cherché à s'exiler ? Aux États-Unis, peut-être ? suggère Edith. Comme bien des familles de Breslau.

– Quand j'ai dû quitter Breslau, il en était question. Ensuite, je leur ai écrit d'Echt, mais je n'ai jamais eu de réponse. La lettre a dû s'égarer. Je me suis senti très seul. Auprès de vous, je ne le suis plus.

– Nous ne sommes jamais seuls, Werner, Dieu est en nous.

– Je voudrais vous croire, sœur Thérèse-Bénédicte.

– L'humanité se débat dans une mer de boue, un petit troupeau s'en est déjà échappé en montant sur les plus hautes cimes. Soyons de ceux-là.

Werner lui sourit.

– Reste-t-il de l'eau dans le bidon ? interroge la commerçante.

Elle a les yeux exorbités et suffoque comme nombre d'entre eux.

Werner garde le silence.

– Répondez ! crie la femme. Nous allons tous perdre la raison. Ce n'est pas possible ! Plus d'eau, continue de crier la femme.

– Vous en êtes sûr ? interroge Heisenberg. Calmez-vous ! dit-il, s'adressant à la femme.

– Je n'ai pas dit qu'il n'y avait plus d'eau, rectifie Werner.

– Regardez-les, dit la femme. Nous serons morts avant d'arriver.

– Voulez-vous un peu d'eau de Cologne sur votre mouchoir ? Ça vous rafraîchira. Ma sœur en a un flacon dans son sac, suggère Edith.

– Je veux bien, dit la femme en se rapprochant d'Edith. Je sens que mes nerfs lâchent. Tenez, prenez ce foulard, j'ai perdu mon mouchoir en route. Ils m'ont frappée pour me faire sortir de l'église où je m'étais réfugiée avec ma mère et, regardez, je n'ai rien pu emporter sinon ce foulard que j'avais sur la tête pour entrer dans l'église.

– Où est votre mère ? Est-elle parmi nous ? interroge Werner.

– Non. Elle était à la sacristie quand la Gestapo est rentrée dans l'église. Je ne la reverrai plus.

– Vous êtes convertie ? demande Rosa.

La femme hésite avant de répondre.

– Je n'ai jamais voulu, bien que ma mère ait beaucoup insisté. J'estimais que c'était trahir notre peuple. À force… s'ils ne m'avaient pas arrêtée, oui, je me serais convertie. Finalement, vous portez comme moi l'étoile.

– Moi aussi, quand ma mère m'en a parlé, j'ai pensé que c'était trahir notre judéité, confie Werner. J'ai été baptisé pour faire plaisir à ma mère. Elle tremblait pour moi, son fils unique ; après, ma petite sœur est née.

– Mais vous, questionne la femme, regardant Edith, pourquoi ne pas être restée juive ?

Faudra-t-il encore et encore se justifier de porter cet habit conventuel ? Edith souhaiterait pouvoir prier et méditer sur ce qu'elle est en train de vivre. En même temps, elle est sensible à l'angoisse, à la terreur de ceux qui l'entourent. Elle a conscience que parler, échanger, se raconter, leur permet de continuer à se tenir debout dans cette atmosphère de plus en plus suffocante, remplie de relents de sueur, de crasse, d'urine et d'excréments. Face à cette souffrance, il lui faut trouver les mots pour leur faire entendre que Jésus, ce frère juif, ce Christ, l'a ressuscitée à une vie nouvelle, comme il l'a fait pour sainte Thérèse d'Ávila, et qu'elle n'en a pas perdu pour autant sa judéité. Trouver les mots pour leur dire la sérénité de son cœur, tandis qu'eux tremblent de peur.

Sur le coup, Edith se surprend à ne rien avoir à répondre à cette femme qui, de toute façon, réprouverait de tels arguments.

La réponse ne venant pas, la femme marque sa désapprobation par un haussement d'épaules et s'en retourne à la place qu'elle s'est attribuée durant le voyage.

– J'ai bien compris, sœur Thérèse-Bénédicte, dit Werner, que la philosophie, et notamment la phénoménologie, vous a mise sur le chemin du christianisme. Ma mère avait assisté à l'une de vos conférences à Münster. Elle m'avait beaucoup parlé de vous car vous l'aviez impressionnée par votre discours. Est-ce ce jour-là qu'elle a eu l'idée de ma conversion ? Peut-être.

– Après mes conférences, de nombreuses femmes venaient me poser des questions, explique Edith. Votre maman était-elle parmi elles ce jour-là, à Münster…

Le cri d'un garçon les interrompt. Il supplie que l'on vienne au secours de sa mère. Il parle allemand avec un fort accent et explique à Heisenberg que sa mère est malade, il pense qu'elle va mourir, il faut faire quelque chose pour la sauver.

– Je ne suis pas médecin, grogne Heisenberg. Y a-t-il un médecin dans ce wagon ?

Tous se regardent, mais personne ne répond.

– De toute façon, s'il y en avait un, il aurait intérêt à ne pas l'avouer.

Edith fait signe à Werner de tenter avec elle de s'approcher de la mère du garçon. Werner la suit. Les gens s'écartent pour leur laisser le passage. Le visage de la mère est si pâle que l'on n'aperçoit que deux grands yeux bleus. Elle est assise sur une valise de cuir noir, la tête penchée sur le côté, soutenue par ses deux mains longues et ornées chacune d'une bague sertie de diamants.

Quand Edith et Werner arrivent près d'elle, le garçon s'agrippe à Werner.

– Regardez, elle ne cesse de vomir, dit-il, montrant une flaque à ses pieds. Et moi, j'ai soif. Je vais mourir de soif.

Il pleure à gros sanglots.

– C'est la chaleur et… l'odeur, soupire la mère d'une voix faible. William, viens près de moi et tais-toi, dit-elle, s'adressant à son fils.

Comme l'enfant, elle parle allemand avec un fort accent.

– Que pouvons-nous faire pour vous ? demande Edith.

– Rien, ma sœur, ici, chacun a ses tourments.

Elle lève un regard fatigué vers Edith. Puis, s'appuyant sur son bras, elle cherche à se mettre debout.

– Je sortais à peine de clinique quand j'ai été arrêtée avec William. J'ai juste eu le temps de ranger quelques affaires pour lui et moi dans cette valise. Nous étions réfugiés chez des cousins et je suis tombée malade. Il a fallu m'opérer…

Sa voix se brise.

– Vous êtes encore très faible, restez assise sur votre valise. Je vais vous donner un peu d'alcool de menthe.

– Merci. S'il m'arrive quoi que ce soit, ma sœur, pouvez-vous veiller sur William ? Notre famille est dispersée aux quatre coins du monde. Nous, nous vivions à Anvers où mon mari travaillait. Et puis..

– Ayez confiance, il ne vous arrivera rien.

À nouveau, Edith se fraye un passage en direction de Rosa à laquelle elle réclame le flacon remisé dans le sac.

– Nous n'en aurons plus si tu en distribues à tout le monde, comme mon eau de Cologne, dit-elle sur un ton de reproche.

– Cette femme est au plus mal, explique Edith, quelques gouttes d'alcool de menthe lui permettront peut-être de tenir jusqu'à notre arrivée.

– Parce que tu sais, toi, quand nous allons arriver?

– Non, je suis comme toi, je ne sais rien, mais je tiens à aider cette femme pour qu'elle ne meure pas devant son fils.

– De toute façon, on va tous mourir avant l'arrivée, réplique Rosa.

Ses yeux larmoyants regardent Edith par en dessous.

Werner a pris le garçon par le cou et il lui chuchote quelque chose.

– Et même si j'ai soif? questionne l'enfant.

– Nous avons tous soif, nous avons tous faim et nous crevons de chaleur, mais si tu ne te plains pas, tu aideras ta mère à tenir jusqu'au bout du voyage.

L'enfant lève vers lui un regard plein d'espoir. Il sèche ses larmes avec la manche de sa chemise.

– En arrivant, on va nous donner à boire, n'est-ce pas?

Werner répond d'un geste d'encouragement. Comme le petit garçon, il rêve de bonbonnes d'eau qui leur seraient distribuées à l'arrivée. De plats remplis à ras bord sur lesquels tous se jetteraient. D'une salle de bains où pouvoir se laver. Des sanglots encombrent sa gorge et des larmes embuent ses yeux. Il suffit du regard apaisant d'Edith posé sur lui, ce regard qui l'illumine, pour que son visage se transforme.

L'enfant retourne vers sa mère. Elle est toujours assise sur la valise, l'attire vers elle et le prend sur ses genoux, le serrant tendrement contre elle.

– N'aie pas peur, lui dit-elle, la dame va revenir avec un fortifiant. Elle t'en donnera une goutte.

– Je n'ai plus soif, maman. La goutte de fortifiant, ce sera pour toi.

Le silence est revenu. Un drôle de silence, pesant, comme si couvait un nouveau drame, une altercation de plus. La mère de William s'est endormie. Une larme jaillit encore de son œil bleu. La petite Helen et Rose sont montées sur les genoux du grand-père qui les tient serrées contre lui. Rosa est allée rejoindre Hannah, assise le long de la porte, auprès de la mère de Rose. Tous ceux qui ont pris leur tour se sont assoupis, à l'exception d'Hannah, plongée dans son carnet, de plus en plus échevelée. La mère de Rose soutient son ventre plein et, de temps à autre, jette un œil sur sa fille. Ses cheveux inondent le col de sa robe dont elle a remonté les manches jusqu'à l'épaule. Soudain, Hannah lève des yeux égarés. À quoi songe-t-elle ? pense Edith. À la révolution à laquelle elle ne participera jamais ? À son amour, ce Friedrich dont elle lui a parlé et que les nazis lui ont enlevé ? À sa vie qui n'a plus de sens ? Soudain, un cri échappe des lèvres d'Hannah.

– On ne peut pas continuer comme ça ! lâche-t-elle, réveillant ses voisines. Il faut se révolter contre cet enfermement, déclouer ces planches pour faire entrer de l'air. Il y a bien un moyen de faire quelque chose ? Pourquoi accepterions-nous cette situation ?

– Déclouer les planches ! répète Rosa. Au premier arrêt, ils nous tireront dessus. Ils en sont capables si nous nous révoltons.

– Peut-être juste une planche, propose la mère de Rose. En longeant le train, j'ai aperçu des wagons qui avaient une fenêtre grillagée. Ce n'est pas normal qu'il n'y en ait pas dans celui-ci.

– Elle a raison, dit la vieille dont le mari est mort. Moi aussi, j'ai vu des fenêtres, enfin, comme des lucarnes. Ce serait tellement bon de voir un peu de ciel, un peu de jour, même à travers des barbelés.

Un brouhaha de voix excitées s'élève. Les uns ont vu des fenêtres, d'autres pas, d'autres encore prennent le parti de Rosa et crient leur peur d'être fusillés avant d'arriver. Edith égrène son chapelet et prie. La phrase qui, depuis le début du voyage, la taraude, revient en boucle.

« Je fais des projets pour mon avenir mais, au fond, je suis convaincue qu'il y aura un certain événement qui les jettera tous à la mer. »

Edith la répète inconsciemment pour oublier le présent. Dans cette atmosphère suffocante, elle craint l'emportement, la colère, le désespoir, voire la folie, que Heisenberg par ses hurlements, ses ordres brutalement donnés et son manque de compassion ne pourra endiguer. Elle se voit investie d'une véritable mission. Dieu la guide sur son chemin de croix.

Assis au bout de la rangée, Heisenberg se lève et jette sur Hannah un regard réprobateur et froid.

– Vous ne croyez tout de même pas que vous allez faire la révolution dans le wagon ? hurle-t-il.

– Et vous la police ! réplique-t-elle.

D'un bond, elle se lève et se dresse face à lui.

– S'il y a une fenêtre, on devrait la trouver sous les planches du haut, suggère-t-elle, à l'adresse de Werner.

Elle tourne le dos à Heisenberg qui, d'un geste, réprouve le projet.

Werner, qui est revenu auprès d'Edith après avoir tenté de prélever un peu d'eau dans le bidon, regarde autour de lui, il fait signe à ses voisins de lui ménager un passage pour qu'il puisse approcher de la paroi de planches.

– Vous ne toucherez pas à ces planches, s'écrie Heisenberg, en se dirigeant vers Werner.

– S'il vous plaît, supplie la mère de Rose, laissez-le essayer. Nous avons besoin de respirer. Laissez-nous tenter notre chance.

Deux hommes en bleu de travail, comme si les SS ne leur avaient pas laissé le temps de se changer avant de les embarquer, se proposent d'aider Werner. Le visage de l'un est tuméfié. Hannah les suit, décidée à mener à bien son projet. Heisenberg s'en retourne, sans un mot, sans un geste, à l'extrémité du wagon où il a déposé sa valise. Et ceux qui ne sont pas complètement abattus suivent des yeux les gestes des trois hommes pour forcer les planches.

– Je peux y aller ? demande le petit Emmy à Edith.

– Bien sûr, Emmy. Nous devrions tous les aider.

Découragés, les hommes et Hannah ont abandonné leurs recherches. Les planches sont clouées si serrées qu'ils ne peuvent les séparer à mains nues. Hannah a parcouru le wagon, interrogeant en vain ceux qui peuvent encore répondre, à la recherche d'un outil quelconque.

– Il faut y parvenir, ne cesse-t-elle de dire avant de retourner déloger quelqu'un pour s'asseoir.

Werner et Emmy se sont glissés jusqu'à l'endroit où Edith se tient, plongée dans ses pensées.

L'intervention de Susanna, la femme qui a fait le choix de l'action plutôt que celui du cloître, l'interroge sur son cheminement.

Au couvent des Dominicaines de Spire où elle enseigne après sa conversion, elle a le sentiment d'être écartelée, comme Thérèse d'Ávila, entre le monde où elle vit en relation avec le Christ-Dieu, et celui où elle a toujours souffert de ne pas trouver l'apaisement. En fait, le seul lieu où elle aura la possibilité d'être reliée à Dieu par la prière demeure le Carmel. Mais on ne va pas seule frapper à la porte du Carmel. Elle s'est donc résignée à confier son désir, jusque-là secret, au père Joseph Schwind, son conseiller spirituel de Spire. Sa réaction a été immédiate et vive : il est trop tôt pour abandonner ses recherches philosophiques, refuser les conférences qui lui sont proposées à travers l'Allemagne et l'Europe et obtiennent un vif succès ; trop tôt encore, insiste le père Schwind, pour infliger à sa mère et à sa famille ce deuxième choc après le baptême.

Longtemps, elle a refusé d'y penser pour ne pas être, comme Thérèse d'Ávila, écartelée. Suivant la voie de Thérèse, elle sait qu'un jour viendra où rien ni personne ne l'empêchera plus de passer la porte du Carmel. Son désir d'entrer en totale communion avec le Christ sera plus fort que sa réflexion philosophique ou ses sentiments pour sa mère.

Les larmes de sa mère viennent embuer ses yeux.

– Vous pleurez, ma sœur, nous pleurons tous, l'apostrophe la mère de Rose. Croyez-vous que mon bébé naîtra ? demande-t-elle.

– Être en intimité avec Dieu ne signifie pas que l'on connaisse l'avenir, répond Edith, dans un faible sourire, notre seul salut dans ce wagon réside dans l'espérance.

– Espérer ? Il y a des années que j'espère en vain. Le ciel est de plus en plus sombre pour nous, les juifs.

– Le ciel est sombre, et de plus en plus noir. Nous sommes rejetés de partout, dit à son tour Müller.

Il passe près d'elles, cherchant à rejoindre ceux qui ont le droit de s'asseoir.

– J'étais un bon orfèvre, j'aimais ma femme et mes enfants, j'allais à la synagogue, poursuit-il, et maintenant j'ai tout perdu. Tout perdu parce que je suis juif.

Edith et la mère de Rose l'ont écouté avec compassion. Alors, il reste auprès d'elles, décidé à raconter sa vie. Soudain, un éclat de colère brille dans ses yeux.

– Dites-moi, ma sœur, vous, le Carmel, c'était bien pour échapper à ce sort qui nous est injustement attribué ? Ces humiliations, ces persécutions…

Edith pose sur lui un regard bienveillant. Ruth, qui s'est rapprochée d'Edith, a entendu et se presse vers eux, le visage empreint d'indignation.

– Les persécutions, les persécutions… Qu'est-ce que vous êtes en train de faire, vous, sinon persécuter mon amie ? Je connais Edith depuis de nombreuses années, c'est elle qui m'a mise sur le chemin de Dieu, et je sais, moi, que son désir d'entrer au Carmel ne date pas des lois antijuives. Mais de son baptême.

Edith ne prend pas la peine de répondre à Müller. Elle se souvient d'avoir écrit à plusieurs de ses amis qui remettaient en question sa conversion que lorsqu'elle a dû renoncer à enseigner à Münster, en raison des lois antijuives, l'annonce qui lui a été faite par l'un des professeurs de l'Institut a résonné comme un signe du Ciel. Le plan divin, toujours.

Quelque temps avant son entrée au Carmel de Cologne-Lindenthal, son ami Fritz Kaufmann avait de nouveau cherché à la convaincre de renoncer à ce désir et de ne pas quitter la voie philosophique. Elle se souvient de ce qu'elle lui avait écrit: « Qui entre au Carmel n'est pas perdu pour les siens, mais il leur est au contraire vraiment acquis, car c'est notre rôle de nous tenir devant Dieu pour tous. »

En 1935, le jour de la prononciation de ses vœux temporaires – c'était la fête de Pâques –, une amie présente lui a dit: « Au Carmel, tu seras bien cachée. » « Je ne le pense pas. Un jour, on viendra sûrement me sortir d'ici », lui a-t-elle répondu.

– Non, il n'y a pas eu de reniement, reprend Ruth. Et, là, aujourd'hui, nous devrions tous, que nous soyons convertis ou non, tenter de former une seule et vraie communauté.

Müller insiste, réitère qu'il a tout perdu. Il lui faudra recommencer une nouvelle vie, reconstruire une maison, une carrière, dit-il. Retrouvera-t-il sa famille ? Et dans quel état de santé reviendra-t-il de ce camp vers lequel ils roulent ?

– Monsieur, ne pensez-vous pas que nous nous posons tous les mêmes questions ? intervient la mère de Rose. Mon enfant doit naître dans deux mois. Si je ne le perds pas dans les heures qui viennent, il naîtra dans le camp, mais dans quelles conditions ? Croyez-vous que je n'ai pas plus de raisons que d'autres de désespérer de mon sort ?

Müller la regarde fixement, comme s'il réprouvait ce manque de compassion à son égard.

– Nous ne vous quitterons pas, dit Ruth à la mère de Rose, et nous vous aiderons à accoucher. Vous devriez rester assise jusqu'à l'arrivée.

– Je voudrais bien... Mais je crains les reproches de Heisenberg. Il est vrai que nous sommes nombreux et que certains ne se sont pas encore assis.

– Edith, par exemple, dit Ruth. Tu devrais y aller et prendre la place d'Hannah. Depuis le départ du convoi, tu n'as cessé de t'agiter et de t'occuper des autres.

– Le Seigneur m'a élue pour cela, répond Edith. C'est mon devoir d'aller vers les autres et de leur porter la source divine.

– Vous allez finir par manquer de forces, comme nous tous, s'inquiète la mère de Rose.

– Plus il y a urgence et nécessité, plus les forces s'accroissent, répond Edith.

La première année de son entrée au Carmel de Cologne-Lindenthal, Anna Reinach est venue lui rendre visite au parloir, derrière la grille. Au cours de cette heure partagée, Anna lui a confié qu'elle s'efforce toujours de ne gaspiller ni ses forces ni son temps. Quand un doute s'installe en elle, qu'une faiblesse morale la fait vaciller, elle s'agenouille et s'adresse à Dieu. La prière lui permet de reprendre souffle.

Reprendre souffle.

Hannah a laissé sa place à une vieille portant des lunettes à grosse monture d'écaille. Elle rejoint Werner et Emmy qui tentent de distraire le petit garçon.

– Tu as entendu ? dit-il à Werner. J'ai laissé le fortifiant à ma mère !

– C'est bien, William. Tu dois veiller sur ta maman. Je t'ai amené Emmy, il est seul, il va rester avec toi.

– Mais quand est-ce qu'on arrive ? demande William. J'ai peur pour ma mère, elle gémit dans son sommeil. Vous savez, elle est très malade.

– Il ne lui arrivera rien, sœur Thérèse-Bénédicte veille sur elle, répond Werner.

– Tu crois qu'elle peut faire un miracle, sœur Thérèse-Bénédicte ? questionne Emmy, parce que je voudrais revoir mon père.

– Moi, je voudrais que ma mère ne meure pas, dit William dans un sanglot, sinon je vais être tout seul.

– Moi aussi, je suis seul, réplique Emmy, prenant la main du petit William, le miracle serait de retrouver mon père et que ta mère soit vivante à l'arrivée du train.

– Qu'est-ce que tu racontes à ces gosses ? intervient Hannah. Un miracle ! Non, Emmy, le seul miracle qui puisse nous arriver, c'est de trouver l'emplacement de la fenêtre. Moi, je ne pense plus qu'à ça. Respirer. Tu ferais mieux de continuer à chercher la fenêtre.

– Oh, oui ! Il faut la trouver cette fenêtre, dit Emmy. Au moins, on aura de l'air. Je transpire, ma chemise est toute mouillée. Alors, on y va Werner ?

Emmy s'éloigne, poussant les uns, les autres, pour parvenir jusqu'aux parois du train qu'il tente d'explorer de ses mains. Pendant ce temps, Hannah a rejoint Edith. Elle tient Rosa dans ses bras et s'efforce de calmer ses pleurs de désespoir.

– Qu'est-ce qu'elle a ? demande Hannah.

– Elle est comme nous tous, épuisée, répond Edith.

– Au comble du désespoir, tu veux dire. À quoi ça t'a servi d'entrer dans les ordres ? À jouer l'infirmière dans ce wagon de la mort.

– Ce ne serait pas la première fois que j'exerce le métier d'infirmière. En 14, je me suis engagée pour la Croix-Rouge.

– Infirmière de guerre ! Dieu t'a détournée de ta vraie vocation : le militantisme humaniste.

– Une fois encore, j'ai contrarié ma pauvre mère : elle refusait que je m'engage. Je l'ai fait parce que mes amis de Göttingen avaient tous été appelés et je voulais, comme eux, me mettre au service de ce grand événement historique.

– Ça aussi, ça faisait partie du plan divin ! ironise Hannah. Tu en avais des cordes à ton arc, et toi, tu tombes amoureuse de Jésus, cet illuminé qui n'aimait pas les femmes...

– Dès le départ, Jésus a mis les hommes et les femmes sur un pied d'égalité par rapport à Dieu et à l'humanité. Il les a instruites, les a baptisées, ne s'est adressé qu'à elles après sa résurrection. Elles ont été témoins de tous les événements importants de sa vie.

– Pour en faire des mystiques comme toi !

Edith ne répond pas. Et Hannah rejoint les garçons partis à la découverte de la fenêtre.

D'une guerre l'autre. De l'hôpital militaire où, aide-infirmière, en 1914, elle avait soigné les blessés qui revenaient du front des Carpates, au convoi vers Auschwitz, trente ans plus tard, où de pauvres êtres craignent pour leur avenir, Edith se sait investie d'une mission. Le plan divin, se moquerait encore Hannah.

En août 1915, elle est mutée au service de chirurgie de la Croix-Rouge. Elle a en charge neuf lits occupés par des soldats atteints de mauvaises fractures du fémur. Ils portent des appareils d'extension avec des poids qu'il faut changer en cours de journée, afin qu'ils souffrent le moins possible. L'un d'entre eux, un intellectuel polonais, n'a plus de forces, il ne peut plus rien faire sans son aide, et particulièrement manger, la contraignant à le nourrir plusieurs fois par jour. Dans le service, elle est la seule à parler polonais, comme elle est la seule à parler plusieurs langues, alors elle discute avec lui, évoque le travail de Roman Ingarden, lui fait part des problèmes rencontrés dans l'écriture de sa thèse mais, le plus souvent, elle l'écoute. Un soir, il lui confie que parler avec elle lui fait oublier ses souffrances, et il l'embrasse. Il lui montre une photo de lui prise quelques jours avant qu'il soit appelé sur le front. La guerre l'a rendu méconnaissable.

Dans une autre chambre, dont elle a aussi la responsabilité, quatre blessés nécessitent des soins méticuleux qu'elle accomplit avec douceur.

Le soir, elle partage sa chambre avec une autre infirmière, Suse. Mais celle-ci partie bientôt en congé, Edith doit se lever très tôt pour commencer son service, sans avoir pris le temps de s'alimenter, afin de rejoindre au plus vite les soldats qui requièrent ses soins et sa compassion. Quand un nouveau convoi arrive, elle court d'une salle à l'autre et s'efforce de donner du temps à chacun. Le soir, ses jambes la lâchent. La direction du service lui propose de s'arrêter, pourtant elle ne parvient pas à se décider, étant aux prises avec de violents débats intérieurs. Il n'est guère sage d'interrompre pendant tant de temps son travail de thèse, abandonné après l'été de la déclaration de guerre ; pourtant, chaque jour, le flux des blessés s'intensifie. N'est-ce pas de l'égoïsme de penser à son travail universitaire alors que la guerre multiplie les victimes ? Ses doutes persistent ainsi jusqu'au retour de son amie qui, la voyant faiblir, lui conseille de demander un congé. Elle n'est pas plutôt arrivée à Breslau qu'elle s'en veut d'avoir abandonné ces pauvres jeunes soldats.

Aujourd'hui, elle pense que sa place était auprès d'eux et que la thèse pouvait attendre. Elle les revoit si désespérés le jour de son départ. Elle allait de lit en lit pour leur dire au revoir. Ils avaient la mort sur le visage.

– On a trouvé l'emplacement de la lucarne.

Werner et Emmy forcent le passage pour arriver jusqu'à Edith.

– Emmy l'a repéré en premier, là où les valises ont été entassées, explique Werner. Tout à l'heure, quand on a commencé à chercher, les valises montaient jusqu'au toit et dissimulaient la saillie. Quelqu'un a dû en enlever une, ce qui a permis à Emmy de la découvrir.

– C'est moi qui ai enlevé la valise, dit Heisenberg. Je la voyais prête à tomber. Elle aurait pu blesser quelqu'un. Maintenant, si vous pensez qu'il y a une fenêtre derrière, à vous de voir. Ce n'est sans doute pas pour rien qu'ils ont cloué des planches à cet endroit. Vous voyez bien que c'est un wagon à bestiaux.

– La paroi est vraiment plus épaisse, là, dit Emmy. On pourrait essayer.

Face à Heisenberg, sa voix tremble.

– J'ai tellement besoin d'air, dit la mère de Rose.

– Nous avons tous besoin d'air, dit Werner.

D'un signe, il enjoint aux deux hommes en bleu de travail de venir l'aider et, se tournant vers Heisenberg, il sollicite son approbation. Celui-ci réprouve aussitôt l'initiative. Il explique que la fenêtre a été obstruée pour une raison valable aux yeux des SS, et que déclouer les planches risque de provoquer la colère des responsables de la sécurité du train et par conséquent les inciter à faire évacuer le wagon et à tous les fusiller.

Déçu par sa réaction, Werner a un moment d'hésitation. Il sent vaciller sa détermination et son audace. L'idée que ses compagnons de voyage soient massacrés à cause de lui lui traverse l'esprit. Mais les regards encourageants d'Hannah, d'Edith, de la mère de Rose et de quelques femmes qui, maintenant, forment un groupe autour d'Edith, le galvanisent. Il décide d'ignorer Heisenberg et entraîne les hommes à sa suite.

Les gens leur laissent le passage, et la mère de William se lève lentement et pousse la valise sur laquelle elle reste assise. Elle se tient à son fils pour ne pas tituber.

– En effet, dit l'un des hommes, en passant la main sur la paroi, ils ont dû clouer des planches sur les barbelés.

À part ceux qui se sont assoupis, ou déjà trop faibles pour réagir, comme la mère de William, tous, hommes, femmes, enfants, ont les yeux tournés vers l'espace où les deux hommes aidés de Werner s'efforcent à mains nues de faire sauter les planches.

– Après, ce sont les barbelés qu'il faudra supprimer, dit Hannah.

Werner la fusille du regard. La mère de Rose s'est approchée, s'efforçant de se faufiler en se tenant le ventre. Elle reste auprès d'Hannah et, ensemble, elles se montrent attentives aux efforts que font les deux hommes dont les muscles des bras saillissent.

– Ça vient ! dit l'un

Il a le teint mat des gens du Sud, une moustache et des sourcils noir de jais.

– On pourrait profiter d'un arrêt pour réclamer de l'eau et de la nourriture, propose la mère de Rose.

– Pas sûr qu'on l'obtienne, mais on peut toujours essayer, répond l'homme, la voix affaiblie par l'effort.

Edith a fermé les yeux et prie. Rosa, elle, porte un regard farouche en direction de la saillie. Elle soutient en silence la position de Heisenberg. S'il n'y avait pas sa sœur auprès d'elle, elle se montrerait plus combative et menaçante vis-à-vis de Werner et d'Hannah. Elle ne supporte ni l'enthousiasme de Werner à l'égard d'Edith, ni les sarcasmes débités par Hannah. Ses interrogations railleuses depuis le départ du convoi. Elle envie Edith de parvenir à prier au milieu de cet enfer. Elle, elle n'y arrive pas : même le sentiment d'abandon s'est ancré en elle dès l'instant où les SS les ont arrêtées, elle et Edith, au Carmel d'Echt. Malgré le soutien de sa sœur, elle sent sa foi vaciller au fil des heures. Pour se remonter, elle essaie de tirer de son sac le flacon d'alcool de menthe, se pliant en deux pour le porter à sa bouche sans être vue.

Pendant ce temps, les hommes s'affairent toujours autour des planches. Des heures plus tard, quand la première cède, un cri s'élève dans le wagon. Les autres sont enlevées plus rapidement, et bientôt les barbelés apparaissent. Werner serre la main des deux hommes en signe de reconnaissance. Une femme se jette sur eux et les embrasse. Puis, montant sur la pointe des pieds, elle se poste devant l'ouverture.

– Une gare ! crie-t-elle.

Tout à leur opération, ils ne se sont pas rendu compte que le train était pratiquement à l'arrêt. Regardant Heisenberg, Edith propose que la mère de William s'approche de la fenêtre. Aussitôt, William s'efforce en vain d'aider sa mère à se lever de la valise. Edith la soulève et, demandant le passage, l'entraîne jusqu'à l'ouverture. Derrière elles se massent tous ceux qui sont encore assez valides pour profiter du filet d'air et de lumière pénétrant dans le wagon.

Dehors, le soleil de cet après-midi du 7 août a grillé les herbes du talus le long des rails. Au loin, se détachent les toits d'une ville dont un panneau révèle le nom : Schifferstadt.

Schifferstadt, se souvient Edith, un arrêt avant Spire, la ville où elle a longtemps enseigné et où elle a fait la connaissance du père Schwind. Elle demande à Werner de s'occuper de la mère de William. Entendant des pas sur le quai, elle se penche et aperçoit une ombre. Habituée depuis l'aube à survivre dans l'obscurité, elle a du mal à distinguer la personne qui se rapproche du wagon. Ses yeux lui renvoient une image floue qui, peu à peu, prend forme. L'homme porte une casquette et un costume noir de chef de gare. Son visage arbore une expression bienveillante. Edith lui fait un signe : elle veut lui parler. Il hésite, jette un regard autour de lui et s'avance jusqu'à l'ouverture derrière laquelle Edith continue d'agiter sa main. Dans les yeux pleins de pitié de cet homme, Edith voit son avenir et celui de ses compagnons de voyage. Les projets seront vraiment jetés à la mer.

– Monsieur, pouvez-vous transmettre à la famille Schwind le souvenir de sœur Thérèse-Bénédicte de la Croix ? Je vous en serais très reconnaissante.

L'homme cligne des paupières et ne s'attarde pas. Il remue le drapeau qu'il porte à la main et annonce le départ du train. Des larmes d'émotion embuent les yeux d'Edith, qui abandonne la fenêtre sous la pression de ses compagnons de voyage. Ils se bousculent, prêts à se marcher dessus pour atteindre cette issue qui leur a tant manqué jusqu'alors. Quand ils la quittent, contraints par d'autres de laisser la place, ils donnent l'impression d'être saisi par le désespoir. Edith voudrait tous les étreindre, leur communiquer sa foi pour alléger leur désarroi, la terreur, allumer en eux l'amour du Christ.

Le train s'éloigne de Spire. Au fronton de la façade du couvent Sainte-Madeleine des Dominicaines, grande bâtisse entourée d'un jardin planté de fleurs, avait été gravée l'inscription : *Veritas*. Sa soif de vérité a toujours été sa seule prière et, dès le premier jour à Spire, elle a compris qu'elle était là où elle devait être. Baptisée depuis quelques mois, elle n'avait pas prononcé de vœux, mais elle passait son temps libre à la chapelle, souvent agenouillée à même le sol.

Elle se revoit, à l'aube, commençant la journée par une conversation intime avec Dieu. La crise intérieure dont elle a tant souffert l'a quittée, elle vit enfin, comme elle l'a souhaité, dans la pensée des choses divines. Quand elle n'est pas face à Dieu, à la chapelle, elle enseigne aux élèves de terminale et de l'École normale. Elle les aide à trouver leur chemin. Le sien commence à se tracer.

Sa chambre est minuscule, les horaires de cours si serrés qu'elle doit interrompre ses propres travaux, mais elle ne s'est jamais sentie aussi bien. Elle ne connaît plus ni le manque, ni la solitude. Dieu l'entraîne sur sa voie, lui ouvre des portes qui l'emplissent de joie.

Elle confie ce bonheur nouveau au père Schwind. Il l'a engagée à traduire des textes de réflexion sur la religion, et elle s'est plongée dans *L'Idée de Dieu et les preuves de son existence chez Descartes*, un texte de son ami Alexandre Koyré, un philosophe rencontré à Fribourg-en-Brisgau et désormais installé en France. Elle apprécie ce travail de traductrice qui lui donne le sentiment de converser avec l'auteur et de pénétrer sa pensée. Après avoir traduit Koyré, l'éditeur, qui doit publier son texte, lui suggère de se consacrer à saint Thomas d'Aquin. Mais l'exploration de l'univers thomiste lui prend tant d'années que la maison d'édition disparaît avant qu'elle achève son travail. Entre-temps, le père Schwind est mort, et la perte de cet ami, de ce confesseur, de ce confident, de ce passeur de Dieu, l'a autant peinée que lorsque son professeur, Adolf Reinach, est tombé au front. Mais désormais, la force de la foi lui permet de transcender la douleur. Comme aujourd'hui, dans le wagon.

La journée va s'achever et les nerfs sont à fleur de peau. Chacun essaie de s'occuper comme il peut, de dormir s'il le peut, de fermer les yeux pour s'évader un moment, de converser avec un voisin, de passer le temps. Certains se sont agglutinés près de l'ouverture, d'autres ont échappé à la vigilance de Heisenberg et se disputent pour s'asseoir le long de la porte. Werner a réinstallé la mère de William sur sa valise et, à l'aide du gobelet de Rosa, il lui verse un filet d'eau sur les lèvres. De temps à autre, elle ouvre les yeux et porte sur lui un regard de reconnaissance. La lumière du jour commence à décliner.

Dans le wagon, Edith pressent que la nuit va être longue. Depuis qu'un voile noir a recouvert le jour, certains sont agglutinés devant l'ouverture, collant leur visage contre les barbelés. Ils espèrent apercevoir l'ombre d'un espoir et peu à peu se dispersent, bousculant ceux qui ne bougent plus, par peur ou par lassitude. Et ils regagnent leur place. Seule Hannah, montée sur un tas de valises pour compenser sa petite taille, s'obstine, se hissant et tentant d'accrocher ses doigts aux barbelés.

À l'autre extrémité du wagon, Heisenberg a confié à un jeune homme, de l'âge de Werner, perdu dans la foule et qui jusque-là ne s'était pas manifesté, le soin de vider la tinette pleine à ras bord.

– Débarrassez-nous de cette odeur pestilentielle, dit-il.

– Elle reviendra vite, prédit une femme derrière lui. La tinette ne tardera pas à se remplir à nouveau.

Le jeune homme tient la tinette à deux mains. Au passage, l'un des hommes qui a décloué les planches et dégagé la fenêtre lui propose son aide.

– Tu t'appelles comment ? interroge le jeune.

– Wilfried.

– Moi, c'est Petrus. Petrus Schmidt. Tu nous as rendu un fier service en dégageant la fenêtre. Heisenberg m'a chargé de cette corvée de tinette, veux-tu m'aider ? Seul, je n'y arriverai jamais.

– D'accord, nous ferons la corvée à deux.

Le trop-plein se renverse sur les pieds d'un couple qui se trouve sur leur passage, des cris trouent le silence. La femme fouille dans son sac et en extrait un mouchoir avec lequel elle s'essuie les jambes en maugréant. Le mari, lui, a fait un geste brusque en direction du jeune homme comme pour le frapper. Déséquilibré, celui-ci lâche la tinette que rattrape Wilfried, mais le contenu se renverse à nouveau sur une autre personne. Le désordre et les insultes s'enchaînent jusqu'à ce qu'ils atteignent l'ouverture.

Hannah se tient toujours près des barbelés. Elle accepte de s'éloigner après que Petrus et Wilfried le lui ont demandé à plusieurs reprises, tenant difficilement ces toilettes improvisées entre leurs mains. Quand elle se retourne, son regard part à la dérive. Tandis qu'ils s'efforcent de monter la tinette sans asperger leurs voisins, elle revient vers eux, observe leurs gestes et, quand ils ont effectué leur charge, elle tend la main pour les aider.

– Tu crois qu'on pourrait faire sauter les barbelés ? demande-t-elle à Wilfried.

L'homme hésite avant de lui répondre. Il examine la lucarne.

– Peut-être... Pourquoi tu veux les faire sauter ? Ça risque d'être très dangereux pour tout le monde. Quand j'ai dégagé la lucarne, j'ai vu des SS le long des quais.

– Tu veux fuir ? questionne Petrus. Mais comment tu vas faire ?

– Non, non ! Je demandais juste ça, comme ça. Pour qu'on ait plus d'air.

– Ce ne sont pas les barbelés qui empêchent l'air de passer.

Ils l'abandonnent, songeuse, s'en retournent vers Heisenberg pour reposer la tinette devant laquelle une file s'est formée. Un vieil homme se précipite, criant qu'il doit passer le premier parce qu'il est malade et qu'il ne peut pas attendre. Il a le sang au visage et tient son pantalon déjà déboutonné. Beaucoup se plaignent de malaises ou de nausées, et les disputes se multiplient pour gagner quelques places dans la file. Susanna, qui, depuis le départ, s'est occupée des plus âgés, plaide la cause du vieux qu'elle tient par le bras et l'encourage à taire ses cris. Elle finit par obtenir qu'il passe avant les autres, grâce au soutien de deux jeunes femmes installées dans la file et émues par son état, le voyant tituber à chaque pas.

Pendant ce temps, Hannah a quitté la fenêtre et rejoint Wilfried, son collègue et le jeune Petrus. Elle a passé sa sacoche en bandoulière et tient à la main le carnet dont elle ne se sépare plus. Ses cheveux sombres s'éparpillent dans son dos, encadrent son visage et mettent en lumière son regard perdu.

Ils l'observent avec un vague sourire aux lèvres. Dans un coin, malgré l'hostilité de ses voisins, Werner s'est assis par terre tandis qu'Emmy et William se sont endormis sur ses genoux. Au-dessus d'eux, les ombres chaloupent au rythme des cahots. Edith soutient toujours le corps de la mère de William. Elle est assise sur la valise et, telle une Pietà, son voile flottant dans la poussière, elle lève ses yeux embués vers un ciel qu'elle seule peut distinguer et de ses mains encercle le visage blême de la femme.

– La dame, là-bas, elle va rendre l'âme, dit Petrus.

– L'âme… fait Anna.

Petrus paraît gêné et se tourne, interrogateur, vers son ami.

– Elle va mourir, quoi ! rectifie Wilfried. Qu'est-ce que vous avez contre l'âme, mademoiselle ?

– Je n'ai rien contre l'âme. Seule la religion m'exaspère.

– Pourtant, depuis le départ, vous n'avez pas quitté la religieuse qui porte un grand voile noir.

– Edith ?

– Edith ? interroge Petrus. Vous la connaissiez avant de vous retrouver dans ce wagon ?

– Edith Stein, je ne la connaissais pas personnellement, mais je connaissais son œuvre. Elle a été une philosophe célèbre et une vraie combattante politique, féministe. Aujourd'hui, elle n'est plus qu'une Pietà exaspérante. Mais, vous, qu'est-ce que vous faites à ne pas quitter Heisenberg d'une semelle ?

– Il ne voulait pas qu'on touche à la fenêtre et finalement il nous a remerciés, Herbert et moi, dit Wilfried.

– C'est bien qu'il ait pris le commandement, ajoute Petrus, ça fait un peu de discipline, sinon, on risque tous d'y laisser notre peau.

– De toute façon, tu vas y laisser ta peau !

– Pourquoi vous parlez comme ça ? Vous faites peur à tout le monde. Vous croyez que ça ne suffit pas d'être enfermés dans ce wagon sans savoir ce qu'on nous réserve à l'arrivée ?

– Moi, je parie sur l'enfer ! lâche Hannah. Heisenberg, lui, il a le profil du collabo.

– Vous êtes sérieuse ? demande Petrus, les yeux écarquillés.

Wilfried tire de sa poche un briquet et le braque sur Heisenberg. L'homme est assoupi, la tête reposant contre la paroi. Tandis que Wilfried, Herbert et Petrus plongent leur regard dans l'éventail de lumière, Hannah se glisse parmi ceux qui s'efforcent de fermer les yeux. Elle hoche la tête en regardant Edith. Elle lui fait penser à ces Vierges peintes par les grands artistes italiens qu'elle a pu voir dans les musées de Florence, à une époque heureuse où Friedrich et elle voyageaient, sac au dos et le cœur en bandoulière. Elle refoule ce bonheur perdu. Que sont devenus les camarades d'hier ? L'un ou l'autre d'entre eux était-il juif ? Il faut tout oublier et, dès cet instant, inventer une vie nouvelle pour demain. Demain ? Inutile de se représenter un avenir pour survivre. Autour d'elle, il n'y a plus que des fantômes vivants et des cadavres. Le collègue de Wilfried en porte un sur ses épaules et s'emploie à l'installer sur celui du vieux, sous le châle gris de Heisenberg.

Hannah se précipite à la fenêtre et se presse, haletante, contre les barbelés. Un cri de colère et de frayeur jaillit de sa poitrine et se perd dans la nuit. Elle s'enfuira ou elle mourra. Du poison, il lui faut trouver du poison. Il y en a bien un qui en porte sur lui, dans une poche secrète de sa chemise ou cousu dans son caleçon. Elle fouillera jusqu'à ce qu'elle en découvre. Elle abandonne l'ouverture et observe un à un ses compagnons de désespoir, ce troupeau qu'elle se met à haïr. Un sifflement prolongé annonce l'arrivée dans une gare. Elle monte sur le tas de valises, se penche dans l'espoir d'apercevoir un panneau, attend l'arrêt. Sur le quai, un groupe de SS fait les cent pas, armes à la main. Une faible lumière éclaire le porche de la gare au-dessus duquel est inscrit le nom de la ville : Breslau.

– Hannah ! Hannah !

La voix d'Edith la surprend. Elle pourrait ne pas lui répondre, faire comme si elle n'avait pas entendu. Mais non, elle n'en a pas fini avec Edith. Elle veut lui jeter au visage ce qu'elle pense de l'Église chrétienne et de son chef, ce pape complice du Führer. Elle bouscule ses voisins pour parvenir jusqu'à la valise sur laquelle Edith est assise auprès de la mère de William.

– Je ne sais plus où est Rosa, lui dit Edith. Il me faut le flacon d'alcool de menthe, s'il en reste.

Hannah hésite avant de repartir à la recherche de Rosa. Le regard bienveillant d'Edith l'encourage à fendre la foule hagarde. Ceux qui ne parviennent pas à s'assoupir se montrent de plus en plus nerveux, prêts à se battre pour obtenir de l'eau, pour s'approcher de la tinette.

Depuis son malaise, Rosa n'a pas quitté le devant de la porte et s'est débrouillée pour rester assise. Hannah tente de la réveiller mais, n'y parvenant pas, elle s'empare de son sac et le porte à Edith, dans la nuit noire du wagon, non sans susciter des injures auxquelles elle ne peut s'empêcher de répondre, toujours prompte à la riposte. Quand elle parvient à la hauteur d'Edith, elle sort le flacon dont le contenu commence sérieusement à diminuer et le lui tend.

– Tu devrais garder auprès de toi le sac de ta sœur, on ne sait jamais, s'il prend l'envie à l'un de ces fous de piquer le flacon…

– Nous devons leur faire confiance, nous sommes tous dans la même situation.

Edith parle en tamponnant le visage de la femme avec le mouchoir imbibé d'alcool. Celle-ci réagit, s'efforce de se redresser et d'afficher sur ses lèvres pâles un faible sourire.

– Le train est arrêté à Breslau, dit Hannah.

– Breslau !

Qu'est devenue leur maison du 38, Michaelisstrasse, maintenant que les membres de la famille ont été arrêtés ou, pour certains, ont eu la chance de s'exiler ? Quelque temps avant son entrée au Carmel de Cologne-Lindenthal, sa mère l'avait chargée de vendre la partie vacante de la belle demeure, désertée par les Biberstein. Elle avait fait affaire avec une communauté paroissiale protestante. Mais depuis la mort de Mme Stein, et depuis l'année 1939, quand il avait été décidé que les juifs ne pourraient plus posséder de patrimoine immobilier, Edith n'a plus eu de nouvelles. Afin d'échapper à la tourmente nazie, dès le début de l'année 1938, son frère aîné, Arno, avait effectué les premières démarches pour émigrer aux États-Unis. Sa femme l'avait précédé et la famille s'était reconstituée dans les années suivantes, à l'exception de l'une de leurs filles, Eva, qui n'avait pas obtenu de visa en raison de son échec aux tests de quotient intellectuel passés au consulat américain à Berlin. Erna, sa sœur quasi jumelle, sa douce Erna, sa confidente et sa complice dont le souvenir lui fait monter les larmes aux yeux, et son mari, Hans Biberstein, avaient suivi Arno l'année suivante. Et cette même année, Else et son mari, le docteur Gordon, avaient, eux, rejoint leur fils Werner en Colombie. Paul et sa famille attendaient le numéro assigné à leur demande de visa pour les États-Unis. Tous l'avaient incitée à émigrer pour continuer ses recherches en philosophie, persuadés qu'elle devrait un jour ou l'autre les interrompre si elle restait en Allemagne, le filet nazi se resserrant autour des juifs. Edith avait écouté sa voix intérieure, celle qui lui indiquait un autre chemin que celui imaginé par sa famille.

Printemps 1931, retour à Breslau, dans le giron familial après avoir quitté le collège du couvent des Dominicaines de Spire où son activité d'enseignante la passionnait mais l'empêchait de continuer ses recherches.

Se replonger dans le rythme de la vie de famille, cette prison d'autrefois, lui a d'abord semblé compliqué.

En son absence, Erna a ouvert, au rez-de-chaussée, un cabinet de gynécologie et vit maintenant dans la maison avec mari et enfants. Pourtant, la tendresse et la compréhension de ses sœurs, bien qu'elles aient été bouleversées par sa conversion, l'ont aidée à retrouver sa sérénité. Après de nombreuses et houleuses conversations avec ses filles, solidaires de leur sœur, Mme Stein a accepté d'entreprendre des démarches auprès de certaines institutions catholiques de la ville afin qu'Edith puisse y être embauchée. Mais la proposition qui lui a été faite n'a pas eu de suite.

Dès l'aube, Edith se rend à l'église Sankt Michaelis, où elle prend le temps de converser avec Dieu et de se nourrir de l'Eucharistie. Depuis son baptême, ce rituel lui est indispensable. Elle offre au Seigneur sa première heure de la journée. Cette intimité avec l'au-delà l'apaise, elle lui est devenue aussi nécessaire que son travail de recherche, dont elle a arrêté le titre : *Puissance et Acte*. Elle est sur le point de l'achever et se prépare à le soumettre à Husserl, Heidegger et Honecker, son directeur de thèse d'habilitation.

Cependant, à l'époque, la famille connaît quelques revers : le commerce du bois n'est plus aussi florissant que dix ans auparavant, et Edith doit gagner sa vie comme les autres membres de la famille Stein. Elle accepte donc une tournée de conférences qui la conduit en Westphalie, puis dans la région du Rhin. Là, elle profite de quelques moments de liberté pour se rendre à Fribourg-en-Brisgau et rencontrer Edmund Husserl et Martin Heidegger. L'appréciation de ses maîtres sur son travail est élogieuse, mais la crise économique déjà ravageuse en Allemagne rend impossible toute nouvelle création de chaire, notamment pour une femme. Edith, qui, en 1919, après l'accès des femmes au suffrage, avait écrit au ministre de l'Éducation afin que les portes des universités s'ouvrent à elles, étudiantes comme enseignantes, a dû tirer un trait sur l'habilitation, obtenue des années auparavant par ses amis de Göttingen, Hans Lipps et Roman Ingarden. Les promesses d'avenir des années Göttingen s'effaçaient derrière les désillusions.

En revanche, dans les mois qui suivent, un poste lui est proposé à l'Institut catholique allemand de Münster. Elle y enseigne dès 1932, alors que les élections viennent d'apporter 36,8 % des voix au parti national-socialiste d'Adolf Hitler et que *Mein Kampf* connaît le succès. Edith, qui a pris l'habitude, quand elle ne va pas prier à la chapelle, de déjeuner au réfectoire avec ses étudiantes, découvre avec stupéfaction et inquiétude que nombre d'entre elles, catholiques militantes, se révèlent être des lectrices passionnées de *Mein Kampf*. Pas une fois, elle n'a hésité à s'opposer aux thèses qu'elles développent après leur lecture. Contrairement à nombre d'intellectuels de l'époque, qui affichent un rejet hautain du monde de la politique et estiment que la vie supérieure de l'esprit ne fait pas bon ménage avec les affaires du quotidien, Edith, elle, y attache une grande importance. Elle lit les journaux, écoute les émissions de radio, y participe quand l'occasion se présente et prend position. Dès août 1932, alors qu'elle séjourne pour une semaine de vacances à l'abbaye de Beuron, son refuge, elle considère la montée du national-socialisme comme une menace et ne cesse d'exprimer ses convictions, partout où elle passe, et même en France. Elle y a séjourné en septembre de cette année-là, participant à une session de la Société thomiste, à Juvisy, consacrée à la phénoménologie. Ses interventions ont été remarquées et approuvées par un parterre d'intellectuels éminents.

Elle se revoit se promenant dans les rues de Paris, visitant Notre-Dame, prenant le thé à Saint-Germain-des-Prés, élaborant des théories en compagnie de ses amis parisiens, Alexandre Koyré et Jacques et Raïssa Maritain, avec toujours en tête l'idée, qui ne la quitte plus, que « quelque chose » déviera ses projets de leur objectif.

Quand elle ouvre les yeux, la mère de William s'est redressée et quelques couleurs apparaissent sur son visage. De la main, elle tente d'arranger ses blonds cheveux, reboutonne son chemisier jusqu'au col, cherche des yeux son fils et adresse à Edith un sourire de remerciement.

– Je crois bien, ma sœur, que vos prières m'ont sauvée. J'avais le sentiment d'être en train de me noyer, mais je n'en ai pas le droit à cause de William.

Le train s'ébranle à nouveau, Edith s'éloigne de Breslau, consciente qu'elle n'y retournera jamais. Dans l'allée centrale du cimetière juif, au sud-est de la ville, elle ne viendra plus se recueillir sur la tombe de marbre gris d'Augusta Stein.

Le fil de la vie ne sera plus jamais interrompu. Elle possède une force intérieure qui lui a toujours permis de résister aux événements.

Fin janvier 1933, Hitler a pris le pouvoir et met en place une série de mesures antijuives. Pourra-t-elle continuer à enseigner ? De retour à Münster après les vacances de la Semaine sainte, elle est sans illusion.

En l'absence du directeur, un enseignant catholique chargé de régler les affaires courantes l'avertit que « quelqu'un » s'est présenté pour prévenir que « Mlle Stein ne poursuivra pas son enseignement à l'Institut ». Quittant Münster, elle s'entend dire : « Il n'y a plus la moindre possibilité pour moi en Allemagne. » Elle éprouve ce jour-là un soulagement d'être désormais traitée comme n'importe quel juif.

N'est-il pas temps, enfin, d'entrer au Carmel ?

Au matin, Heisenberg, aidé d'un groupe d'hommes, a transporté un nouveau cadavre. Ils ne savent plus où les empiler. Une femme propose un manteau pour les dissimuler. Susanna se sépare du foulard qu'elle portait jusque-là pour couvrir ses cheveux et le dépose sur le visage d'un petit garçon, afin de le dissimuler aux yeux des autres enfants éveillés par les cris, les sanglots de ceux qui ont dû se séparer d'un mari, d'une épouse, d'un fils ou d'une fille. Edith et Susanna vont vers eux partager leur douleur, tenter de leur apporter des paroles de réconfort, des gestes de compassion, au milieu de ce chaos sauvage qu'est devenu le wagon.

Werner ne quitte plus les deux « maîtresses de Dieu », comme les a surnommées Hannah, toujours plus violente et décidée, par n'importe quel moyen, à leur fausser compagnie. Werner a tenté en vain de la raisonner une partie de la nuit, abandonnant les petits Emmy et

William à leur sommeil. Il a récolté invectives et injures. Depuis le lever du jour, Hannah ne quitte plus Wilfried et son ami Herbert, les cajôlant et les menaçant tour à tour pour qu'ils parviennent à faire sauter les barbelés de la fenêtre et l'aident à s'enfuir. Comme tous, elle est terrassée par la soif, par l'épouvantable puanteur que dégagent désormais les cadavres, qui s'ajoute à celle de la tinette pleine à ras bord, à celle encore des corps en sueur, de leur enfermement. Werner a confié à Edith qu'Hannah fait partie de ceux dont la raison commence à chanceler. Et Edith ne tarde pas à s'en apercevoir. Quittant les deux hommes occupés à satisfaire sa demande, Hannah fend la foule en direction d'Edith, sans aucun égard pour ceux qu'elle bouscule et agresse, et qui n'ont même plus la force de s'en offusquer. Quand elle parvient à la hauteur d'Edith, celle-ci lui tend la main avec bienveillance et lui propose de s'asseoir sur la valise, désertée par la mère de William. Hannah refuse. Et les mots jaillissent de sa bouche tordue par la fureur qui l'habite.

– Ce que l'on est en train de vivre, c'est le fruit du silence de ton pape, le premier que je fusillerai si je sors d'ici. Au cours de ces dix années de national-socialisme et de l'exclusion des juifs, pas une fois il ne s'est manifesté contre Hitler. Le résultat de tout ça, ce sont ces wagons pleins de juifs. Et toi, la combattante, la militante, ce que tu trouves de mieux à faire, c'est de te jeter dans les bras de Dieu. Quel Dieu ? Celui de tes fantasmes et de tes désillusions !

Sa voix s'éraille, son corps tremble, son teint pâlit.

– Qu'as-tu fait, toi, la juive, pour ton peuple ? Comme le pape, rien ! Et tu dis avoir rencontré la Vérité ! Quelle Vérité ?

Comme chaque fois que quelqu'un élève la voix, un groupe se forme autour d'elles.

– Ne m'approchez pas, bande de pouilleux ! hurle Hannah.

Elle les repousse, fixe le regard illuminé d'Edith et se jette contre la paroi, cogne sa tête à plusieurs reprises sur les planches avant de se laisser tomber au sol où elle perd conscience. Aidée de Werner et de Susanna, Edith la relève. Hannah n'est plus qu'un pantin entre ses bras.

Les autres reculent. Pas un ne s'est penché vers Hannah. Désormais, la lutte pour la vie est implacable.

La question d'Hannah obsède Edith : oui, qu'a-t-elle fait pour son peuple ?

Le Jeudi saint de cette fameuse année 1932 où elle a pris conscience qu'il lui faudrait bientôt quitter Münster, elle se rend à l'abbaye de Beuron, avec une idée précise en tête : convaincre dom Raphaël Walzer, son nouveau directeur spirituel, de lui faire accorder une audience par le pape. Au cours des dernières semaines, elle n'a cessé de penser à ce qu'elle pourrait imaginer pour apporter sa pierre au sauvetage du peuple juif. Elle, Edith Stein, l'intellectuelle renommée, la conférencière écoutée et suivie, comment peut-elle agir pour tenter d'infléchir le cours des événements ?

Elle a finalement arrêté le projet de se rendre à Rome pour rencontrer Pie XI et lui proposer, en audience privée, de condamner publiquement par une encyclique l'antisémitisme et le racisme.

Renseignements pris, en raison de l'afflux des pèlerins à Rome en cette année jubilaire, elle ne peut obtenir d'audience privée. Et, de fait, on ne lui propose qu'une audience groupée, en compagnie d'étrangers venus de pays divers, audience qu'elle décline, ne pouvant, devant des inconnus, s'exprimer en confiance sur les exactions des nazis à l'encontre des juifs et demander au pape de se prononcer par une parole publique. Pourtant, il y a urgence pour son peuple, et elle refuse d'en rester là. L'idée lui vient alors d'envoyer par écrit sa requête au Saint-Père. La première phrase de sa lettre, qu'elle a eu tant de mal à écrire, émerge à la surface de sa mémoire.

« Comme fille du peuple juif qui suis depuis onze ans, par la grâce de Dieu, fille de l'Église, j'ose exprimer devant le Père de la chrétienté ce qui accable des millions d'Allemands. »

Avant de la faire parvenir à Pie XI, le père Walzer a relu la lettre dont le contenu met l'accent sur le fait que non seulement les juifs, mais encore la communauté des catholiques allemands et ceux du monde entier attendent et espèrent que l'Église du Christ fasse entendre sa voix. L'idolâtrie de la race et du pouvoir d'un seul, martelée chaque jour à la radio, n'est-elle pas une hérésie ? Ce combat pour éliminer le sang juif, n'est-ce pas une tache noire dans la chronique de l'Année sainte, une année de paix et de réconciliation ? Les catholiques, et elle la première, craignent le pire pour l'image de l'Église si elle garde le silence.

Le silence persiste pourtant. Nouvelle déception, nouvelle désillusion. À l'abri du cloître, la vie consacrée à la prière et à l'échange avec Dieu se fera plus douce. Mais elle qui est déjà âgée de 42 ans, d'origine juive et sans dot, sera-t-elle acceptée au Carmel ?

– Que vas-tu faire dans un couvent à Cologne ? Ne peux-tu pas enseigner ailleurs que dans un couvent ?

Mme Stein insiste. En ce mois d'octobre 1933, quelques jours avant le départ d'Edith pour le Carmel où elle a été acceptée, Mme Stein s'acharne à ne pas comprendre.

– Tu ne seras pas là pour fêter mes 84 ans ? Tu pourras demander un congé.

Elle n'en finit pas de parler, de questionner.

– Cette conversion a bouleversé ta vie, enfin, notre vie à tous. Depuis, la famille se disperse.

– Maman, ne crois-tu pas que la famille se disperse plutôt à cause des événements ?

– Mais alors que vas-tu faire à Cologne au lieu de rester près de nous ?

La réponse d'Edith foudroie sa mère.

– J'entre au Carmel pour devenir Carmélite.

Elle résonne dans sa mémoire, comme elle a dû longtemps résonner dans celle de sa mère. Elle peut restituer la scène, avec précision, inscrite à jamais en elle : Mme Stein lève la tête de son tricot, fait tomber la pelote qui s'emmêle, cherche de ses mains tremblantes à remettre de l'ordre dans son travail, n'y parvient pas, et tente de dissuader sa fille. Il n'y aurait plus jamais de paix au 38, Michaelisstrasse.

Le jour de son départ pour le Carmel de Cologne-Lindenthal coïncide avec l'anniversaire de sa naissance et le Yom Kippour. Le matin, elle a accompagné sa mère à la synagogue, refaisant le trajet du fameux jour où, adolescente, elle lui avait annoncé sa décision de ne plus jamais assister à l'office et révélé son athéisme.

Au retour de la cérémonie, elle demeure silencieuse. Mais Mme Stein, enroulée dans ses châles noirs qui lui couvrent une partie de la tête, refuse de se taire. Sa voix, devenue rauque avec les années, couvre les sifflements du vent d'automne.

Elle commence par questionner Edith sur la qualité du sermon du rabbin. La réponse élogieuse de sa fille lui permet de souligner qu'il y a donc aussi une « façon juive d'être pieuse ». Elle attend la réaction d'Edith.

– C'est possible tant que l'on n'a pas connu autre chose.

Edith a préféré rester dans le vague pour ne pas avoir à se torturer, ni torturer sa mère. Mais celle-ci ne peut se contenter de paroles si imprécises.

– Pourquoi en es-tu venue à connaître… connaître cela ? demande-t-elle.

Elle ne parvient pas à prononcer le nom de Jésus.

– Je n'ai rien contre lui, poursuit-elle, mais pourquoi s'est-il fait Dieu ?

Edith répond d'un sourire attendrissant.

Au long de ce dernier après-midi, tandis qu'Edith reçoit la visite de plusieurs de ses amies, puis pendant la soirée en famille, Mme Stein porte sur sa fille un regard désespéré. Lui est-elle devenue étrangère ? Se sent-elle coupable de ne pas avoir su, jusqu'à la dernière minute, détourner sa fille de ce qu'elle regarde comme une trahison.

Au détour d'une conversation, Mme Stein revient sur l'histoire de Jésus, « ce juif qui a mal tourné ».

Edith préfère ne pas réagir.

Le lendemain matin, à l'heure du départ, Mme Stein prend sa fille dans ses bras. Après l'étreinte, elle se retire, le regard implacable. Else et Rosa se proposent pour accompagner leur sœur à la gare. Edith ne se retourne pas une dernière fois vers la grande maison avec ses deux tilleuls dont les branches plient sous le souffle impétueux du vent. Elle ne prête pas attention à l'animation, tôt le matin, de la très commerçante Michaelisstrasse. Elle ne pense qu'à la réalisation de son vœu le plus cher : le cloître. Le jour est arrivé où elle va rejoindre la place que lui a assignée le Seigneur. Son désir d'entrer en totale communion avec le Christ a été en effet plus fort que sa réflexion philosophique ou ses sentiments pour sa mère.

Le train s'ébranle, la paix s'est faite en elle.

Hannah a surgi des limbes dans lesquels elle flotte depuis le matin. Elle se fraye un passage vers l'ouverture sur laquelle frappe un soleil de plomb. L'air est brûlant. Il est la vie qui continue de l'autre côté des rails, dans les champs où travaillent des hommes et des femmes, des êtres humains qui ne ressemblent plus à ceux qui fourmillent dans son dos. Elle a le sentiment de n'être plus qu'un présent obscur, douloureux. Monte à nouveau en elle cette fureur qui l'habite depuis le départ, ce désir fou d'en finir avec le wagon, fuir par cette ouverture ou se fuir elle-même, avec n'importe quel objet, le plus tranchant possible.

« Hannah ? Hannah ? »

D'où vient cette voix qu'elle entend au loin ? Jaillit-elle de cette vallée que traverse le train et où coule un filet d'eau sous lequel il ferait bon se placer, ouvrir grand la bouche et recevoir comme une bénédiction cette eau pure, fraîche, transparente ? Elle la regarde ruisseler le long de la roche, circuler tranquillement et se perdre dans le paysage. Son murmure va l'habiter jusqu'au terme du voyage, et ces quelques secondes de plaisir se transformeront en torture.

– Hannah ? Hannah ?

Une main se pose sur son bras. Elle tourne la tête, aveuglée, étourdie.

– Regarde ce que j'ai trouvé !

Wilfried lui montre une pince de petite taille qu'il tient dans le creux de la main, comme s'il s'agissait d'un trésor. À la vue de l'objet, le visage d'Hannah se détend.

– Où tu l'as dénichée ?

– Chut !

Quand les SS les ont poussés dans le wagon, Wilfried a remarqué un petit homme très brun et moustachu qui portait à l'épaule une sacoche. L'homme est mort parmi les premiers, un peu avant la nuit, sans que personne ne s'en aperçoive. En surveillant le wagon, Heisenberg a vu son corps derrière le tas de valises où il est allé se cacher pour mourir, comme un animal blessé. Heisenberg a demandé de l'aide à Herbert, et le cadavre a rejoint celui du vieux. Wilfried a alors attendu la nuit pour examiner le contenu de la sacoche que Herbert a rangé près de l'ouverture.

– Si j'avais ta taille, moi aussi, je chercherais à fuir, Hannah. Enfin, je ne sais pas si j'aurais ton courage… Auschwitz, ça ne me dit rien de bon. Travailler, ça ne me gêne pas, au contraire, ça tient debout, mais s'agit-il vraiment de travailler ?

– Tu sais ce que j'en pense, répond Hannah. Tu vas devoir attendre encore longtemps pour couper les barbelés ?

Edith et Susanna n'en finissent pas de chercher à rassurer, apaiser, éteindre les conflits, ramener le calme parmi ceux, toujours plus nombreux, qui s'agglutinent autour d'elles, sous le regard inquiet de Heisenberg. À plusieurs reprises, il a été contraint de demander de l'aide à Edith, toujours pour essayer de calmer femmes et hommes en proie à des crises de nerfs ou prendre soin d'un enfant dont la mère vient de mourir. Depuis le matin, il tente de maintenir à nouveau une certaine discipline entre ceux qui veulent s'asseoir le long de la porte et les autres qui maintenant ne tiennent quasiment plus debout.

– Laissez-moi passer ! Je suis malade, laissez-moi passer !

La mère de Rose ne parvient pas à se frayer un passage. Elle supplie, crie, sanglote. Edith cherche à l'apercevoir dans la foule de plus en plus compacte.

– Je suis malade, je suis malade, aidez-moi ! crie la mère de Rose.

– Faites-lui un passage, bande de fous ! hurle de son côté Hannah.

Edith s'engage en direction de l'endroit d'où proviennent les appels.

– Non, sœur Thérèse-Bénédicte, je vais y aller moi-même, dit Susanna. Votre habit conventuel les rebute.

Elle fend la foule devenue sauvage. Jusqu'au bout du voyage, il n'y aura plus de pitié, plus de solidarité, plus de respect. À presque quarante heures de train, dans ces conditions inhumaines, le moindre geste, la moindre parole deviennent source de conflits.

La mère de Rose s'est écroulée dans les bras de Susanna. Hannah, qui se trouve à proximité, vient en renfort pour permettre à la jeune femme d'atteindre enfin la tinette. À demi-inconsciente, elle se laisse emporter, ses deux mains sur son ventre proéminent.

Quand elle se relève, une nouvelle file s'est formée devant la tinette. Une masse de regards craintifs et inquiétants. Au bras de Susanna, la jeune femme a une démarche hésitante. Elle reprend son ventre dans ses mains. Susanna tente de la diriger vers l'ouverture mais, soudain, du plus profond d'elle-même, monte un cri étouffé.

– Je ne sens plus mon bébé.

Elle s'abandonne sur l'épaule de Susanna et pleure à gros sanglots.

– Ils ont tué mon bébé !

Edith a rejoint Heisenberg. Elle lui explique que, puisqu'il s'est chargé de la discipline, il doit imposer un passage en direction de la tinette.

– Je l'avais proposé à Heisenberg, dit Müller, il ne m'a pas écouté. Moi aussi, j'ai pris des coups, comme cette jeune femme, quand j'ai voulu me déplacer.

– L'espoir nous a tous abandonnés, lâche Hannah.

– Non, Hannah, dit Werner d'une voix plaintive. Nous faisons tous ce que nous pouvons pour tenir.

Ses yeux sont emplis de larmes. Sa chemise est grise de crasse. Wilfried l'encourage en le prenant par le cou.

– Moi aussi, je suis malade. J'ai de terribles douleurs à l'estomac, s'épanche-t-il auprès de Werner. Je n'ai pas pu emporter mes médicaments.

– C'est la faim qui nous tue, dit Müller.

Et tous ceux et celles qui ont entendu hochent la tête en signe d'approbation, de résignation aussi.

La commerçante s'accroche au bras de Susanna. Elle est livide, le regard en creux, les cheveux en bataille dans lesquels elle ne cesse, comme un tic, de passer la main.

– J'ai peur. Cela fait des heures que j'ai peur de tous ces hommes. Regardez-les, ils sont complètement égarés.

Susanna a le sentiment que certains hommes vont réagir, alors elle l'entraîne vers l'autre extrémité du wagon et la console par des gestes d'une grande douceur et des paroles chuchotées. Mais les hommes n'ont plus que de l'indifférence dans les yeux et sur les lèvres.

Pendant ce temps, Edith prie. Mais prier, pour elle, ce n'est pas réciter des prières, c'est réfléchir, au contact de Dieu, à ce qu'elle pourrait imaginer pour délivrer ses compagnons de la peur et du désespoir qu'elle sent monter à mesure que l'on se rapproche de l'arrivée. Seulement, ses prières ne suffisent pas. Elle se sent impuissante face à eux. Et finalement, impuissante face à Dieu. Elle entend son appel. En est-elle digne ?

– À quoi auront servi tous ces combats que nous avons menés ? interroge Hannah, soudain revenue vers Edith. Tout ce à quoi nous avons cru ?

Et elle se plonge dans son carnet.

Oui, à quoi auront servi les combats qu'elle a menés, elle, Edith, et en particulier son combat en faveur des femmes ? Dans les conférences qu'elle donnait avant d'entrer au Carmel, elle s'est toujours efforcée d'expliquer aux jeunes filles de son auditoire qu'elles n'ont pas à choisir seulement entre le mariage et la religion, mais qu'une troisième voie existe : celle d'un célibat engagé dans une activité professionnelle vécue jusqu'au don de soi. Pour y parvenir, les portes encore fermées devaient être forcées.

A-t-elle su transmettre ces valeurs ? Et qu'en ont fait toutes ces jeunes filles, à l'époque si attentives à sa parole ? À la fin de ses interventions, elles s'agglutinaient autour d'elles, la complimentant pour sa modestie, elle, la grande intellectuelle, pour la clarté et la sincérité de ses propos. Des heures durant, et jusqu'à ce que l'on sonne la fermeture de la salle, elles lui posaient des questions en rapport avec leur vie personnelle. Souvent, il lui avait fallu résoudre des problèmes sentimentaux qui lui rappelaient ceux auxquels elle avait été confrontée. Parfois, les jeunes filles l'interrogeaient sur sa propre vie sentimentale, celle d'avant l'« appel de Dieu ». Pour celles-ci, pleines d'espoir, elle se plaisait alors à raconter sans aucune gêne les sursauts de son cœur et revisitait le labyrinthe de ses amours perdues. Elle le faisait avec légèreté et humour.

Elle a été le guide d'un grand nombre d'Allemandes. Que deviennent-elles dans l'enfer du national-socialisme ? Un frisson la traverse quand elle se souvient de ses élèves de l'Institut catholique de Münster, passionnées par le *Mein Kampf* de Hitler. Elle, elle n'a jamais renoncé à combattre ce qui ne va pas dans le sens de la vérité. Et elle continuera jusqu'à ce que Dieu en décide autrement.

Que la main de Dieu soit assez large pour les prendre tous, à présent, elle et ses compagnons de voyage, et les mener là où Il en a décidé.

– Cette nuit, je vais m'enfuir !

Hannah revient vers Edith et la fixe de ce même regard fébrile et interrogateur qu'elle avait eu lorsqu'elle l'avait aperçue dans son habit conventuel, le soir du 4 août, sous la bâche du camion.

Profitant d'une place qui se libère, Hannah va s'asseoir et se tourne vers la porte comme pour s'extraire de l'atmosphère nauséabonde du wagon.

Edith est encore sous le choc de ce qu'elle vient de lui apprendre. Si Hannah cherche à s'enfuir par l'ouverture, après avoir fait sauter les barbelés, d'autres, parmi les plus valides, voudront l'imiter. Il n'y aura pas beaucoup de survivants à l'arrivée. Elle sait aussi qu'il est inutile de chercher à la convaincre.

« Je fais des projets pour mon avenir mais, au fond, je suis convaincue qu'il y aura un certain événement qui les jettera tous à la mer. »

Alors, les mots se jouent d'elle. Ils défilent et l'obsèdent. Un certain événement ? Une prédiction à une époque où la voix du national-socialisme commençait à se faire entendre. Confiante dans la nation allemande, longtemps elle s'était refusée à imaginer le pire. Désormais, trop de questions affluent. Trop de désillusions s'accumulent. Trop de secousses menacent sa vie intérieure.

Bad Bergzabern, station thermale et rendez-vous intime des phénoménologues. À l'ombre des abricotiers et des pêchers de l'exploitation d'arbres fruitiers de ses amis Conrad-Martius. Le soleil dans les yeux et le rire aux lèvres.

C'est l'été 1922, quelques mois avant qu'elle décide de se convertir. Pour elle, l'époque est encore celle des balbutiements. La phénoménologie, tant étudiée auprès de Husserl, tant décortiquée au fil d'un travail si laborieux effectué en vue d'écrire sa thèse sur l'empathie, l'a donc menée là, à cette impression de basculer. Basculer vers quoi ?

En compagnie d'Hedwig Conrad-Martius, elle cueille des fruits dans le verger. Toutes deux n'en finissent pas de grimper à l'échelle et de soupeser les pêches pour n'emporter que les plus mûres, celles qui seront vendues sur le marché. Les émoluments de Theodor à l'université ne suffisent plus pour vivre. Hedwig a décroché les mêmes diplômes que Theodor, mais pas l'habilitation à enseigner à l'université. Les Conrad-Martius ont donc acheté un verger contigu à leur maison de Bad Bergzabern et se livrent au commerce des fruits. Toute l'année, l'un et l'autre sont au petit soin pour leurs arbres fruitiers. Et quand viennent l'été et la cueillette, ils font appel à leurs amis.

L'air est doux, le soleil chauffe les nuques et les épaules découvertes. Entre deux efforts, Edith bavarde avec Hedwig, se souvenant des années d'études à Göttingen. Ensemble, elles évoquent les amis, Rose, Fritz, Hans, Roman, les soirées chez les Reinach ou chez les Husserl. La vie intellectuelle et affective y a été si intense. Une belle époque pleine de grandes théories et de projets.

Un « certain événement » viendra et emportera tous les projets. Elle s'entend prononcer chaque mot, sa voix résonne en elle et elle ne peut s'empêcher de l'écouter.

Que s'est-il donc passé ? Ces jours de cueillette à Bad Bergzabern apaisent plutôt ses tourments. Puis les soirées philosophiques qui suivent l'enchantent et la stimulent. Les conversations tournent à l'époque autour d'une publication de Max Scheler, *De l'éternel en l'homme*, et bien sûr autour du phénomène religieux. Elle écoute sans se sentir encore concernée.

Et puis, il y a ces mots et cette prémonition d'un avenir destructeur.

Hedwig l'interroge : pourquoi a-t-elle prononcé cette phrase ? À quoi songe-t-elle ? De quels projets parle-t-elle ?

Elles ont interrompu la cueillette, s'assoient à l'ombre d'un arbre et, à la surprise d'Hedwig, Edith décrit un plan très noir de sa vie, rappelant la terrible période de l'écriture de la thèse, puis la déception consécutive aux deux années de bonheur intellectuel auprès de Husserl, se refusant à classer les manuscrits et les archives du Maître, au détriment de son propre travail de recherche. Sans oublier le refus de Hans Lipps auquel, après plusieurs années d'espoir, elle a fini par déclarer son amour, tout juste après avoir cru à son engagement auprès de Roman Ingarden. Il y a encore la situation politique, l'antisémitisme qui grignote tous les Länder, le sexisme qui les empêche, l'une et l'autre, malgré leur doctorat, d'obtenir une habilitation et ainsi d'enseigner à l'université. Tant de sujets qui la préoccupent et l'empêchent de voir plus clair en elle. Sans penser à sa mère et à sa famille, qu'elle visite souvent, enfin le plus souvent possible, mais avec lesquelles elle prend des distances. Certes, elle réalise le vœu de ses 14 ans : quitter le milieu petit-bourgeois de Breslau et le commerce du bois. Mais elle en éprouve un terrible sentiment de culpabilité. Et puis, il y a cette phrase qui tourne tout le temps dans sa tête : un certain événement fera que les projets seront jetés à la mer.

Un sourire se dessine sur ses lèvres. Son regard ne reflète aucune crainte. Elle est à la merci de Dieu. À nouveau, elle pose la main sur l'étoile jaune. Certains l'imitent, comme Werner et Emmy qui ne se quittent plus, la mère de Rose, celle de William, le grand-père d'Helen. Et quelques autres, hommes et femmes alentour, en font autant. Ils peuvent à peine lever la main, ils sont de plus en plus serrés les uns contre les autres à cause des cadavres. Le sourire d'Edith s'épanouit. Elle dégage son voile et les regarde, un à un.

Cette étoile est leur identité, et leur force, et leur arme. Elle, la Carmélite, elle est juive et, s'il le faut, elle mourra pour son peuple, le peuple juif. Elle voudrait le leur clamer : elle aura aimé l'humanité en Dieu jusqu'à sacrifier sa vie.

Le train s'est arrêté, mais plus personne n'a la force d'aller voir où précisément.

Avant que le jour ne commence à décliner, quelques hommes encore valides ont formé un cercle autour de Heisenberg. Ils remettent en question la destination d'Auschwitz, un nom dénué de signification pour eux. Ils imaginent qu'ils ne traverseront jamais la frontière de la Pologne et demeureront en Allemagne, où ils pourront toujours s'assurer de l'aide des habitants du lieu. L'espoir d'échapper aux griffes des SS. Müller souhaite reprendre son « beau » métier d'orfèvre, un autre exercer à nouveau sa profession de prothésiste dentaire, Pétrus, poursuivre ses études, Wilfried, remiser son bleu de peintre et devenir décorateur.

– Dans le camp, il faudra s'organiser, dit Heisenberg.

– Nous donneront-ils à manger en arrivant ? demande Müller. Parce que comment travailler si on ne mange pas ?

– Et pas de la soupe d'orge, comme on nous en a donné avant le départ, ajoute Wilfried, ça ne nous tiendra pas.

– On aura peut-être des pommes de terre avec de la saucisse, plaisante Herbert. J'aurais dû en manger plus quand je vivais chez ma mère.

Ses camarades le regardent, pensifs. Hannah a rejoint Wilfried, auquel elle fait signe de s'écarter du groupe.

– Vous ne croyez pas que vous parlez vraiment pour ne rien dire ? lâche-t-elle.

– Vous verrez, vous, si vous pourrez vous révolter et continuer de parler sur ce ton avec les SS, intervient Heisenberg. Au moindre mot, ils vous fusilleront.

– Rêve ou révolte, il n'y aura plus. Pan ! Pan ! Pan ! Le poteau d'exécution à l'arrivée.

– Taisez-vous, lui crie Heisenberg.

– Ici, personne ne me fera taire, et surtout pas un collabo.

Alertée par les cris, Edith s'est approchée d'Hannah et la saisit par le bras, cherchant à la protéger et à l'éloigner de Heisenberg, le bras en l'air, prêt à la frapper. Hannah se débat.

– J'étais venue parler avec Wilfried.

– Pourquoi veut-elle parler avec cet homme ? demande Heisenberg. Il doit rester près de la tinette pour effectuer la vidange.

– On a le droit de parler avec qui on veut, non ? réplique Hannah de sa voix de sauvage, quêtant du regard l'approbation d'Edith.

À ce moment, le train marque un nouvel arrêt, si brutalement que l'empilement des cadavres bascule. Herbert réclame l'aide de Heisenberg. Et Wilfried en profite pour se rapprocher d'Hannah dont Edith n'a pas lâché le bras.

– Je fais la vidange de la tinette avec Petrus et je te rejoins.

Edith l'interroge du regard tout en l'entraînant vers l'endroit où se trouve le groupe de femmes et d'enfants.

– Ces hommes sont dans l'espérance, et cela les tient, lui chuchote-t-elle.

– Dans la peur de la mort, tu veux dire, réplique Hannah. Plus ils se racontent des histoires et plus ils sont persuadés de mourir à l'arrivée. Regarde-les, on dirait des fantômes, ils sont tous blancs comme du plâtre.

– Non, Hannah, nous sommes tous rompus de fatigue... C'est ce qui pousse ces hommes à parler pour oublier. À se défendre contre eux-mêmes, contre l'angoisse de l'inconnu.

– De toute façon, ça m'est égal, dans quelques heures, je ne serai plus là.

– Et les barbelés ?

– J'en fais mon affaire ! Je t'emmène, si tu veux. Tu quittes cet habit, ce voile qui dissimule ton visage, tes cheveux, dissimule la femme que tu es. Pardon, que tu as été.

Sa voix se fait stridente. Pour Hannah, Edith a toujours un sourire tendre. Autour d'elles, les hommes et les femmes qu'elles côtoient les observent avec la même dureté. Ils sont étourdis de nausées, pris de vertiges, écœurés par l'odeur âcre qui les pénètre jusqu'à l'âme. Ils ont tous le même teint gris, les mêmes yeux humides, le dos voûté à force d'être debout.

– Est-ce que je leur ressemble ? questionne Hannah, d'une voix étouffée par l'effroi.

– La souffrance nous rend tous semblables. Mais l'abandon à Dieu fait prévaloir la paix contre l'angoisse.

Hannah la fixe comme si elle se trouvait face à un miroir et, soudain, son corps vacille, elle s'agrippe à Edith et se laisse aller contre son épaule.

Près d'elles, la mère de Rose et celle de William tiennent sur les genoux leurs enfants endormis. Le grand-père délasse ses jambes en tentant de faire quelques pas. La petite Helen dort dans ses bras. Susanna s'est accroupie auprès d'Emmy et de Werner.

– Madame, quand il fera noir, vous resterez à côté de moi, j'ai eu tellement peur la nuit dernière, dit Emmy.

– Bien sûr ! Si je suis venue près de toi, c'est pour te protéger. Et puis, il y a Werner.

– Oui, mais lui aussi il a peur. On va passer combien de nuits dans le wagon ? Parce que je suis fatigué d'être debout ou accroupi.

– Je pense que demain matin nous allons arriver, répond Susanna.

– Demain matin ! fait Werner, la voix troublée, le regard inquiet. Et après ?

– Nous ferons selon la volonté de Dieu.

– Vous parlez comme sœur Thérèse-Bénédicte, mais vous ne portez pas le même habit ?

– Je ne veux pas entrer dans un ordre religieux pour ne pas me séparer par un habit du commun des hommes et des femmes. Je veux être parmi eux comme je suis parmi vous.

Hannah a retrouvé ses esprits. Elle relève ses cheveux, écarquille les yeux, aperçoit Edith en prière, les doigts entrecroisés sur sa poitrine. Aussitôt, elle dissimule son visage dans ses mains.

– Où suis-je ? Dans quel enfer me suis-je réveillée ?

Elle promène son regard sur ses voisins, le braque sur Edith.

– Alors, le soldat du Christ, tu te prépares à l'arrivée ?

Elle lui tourne le dos et s'enfonce dans la foule hagarde du wagon.

« Celle qui vient à moi, je la conduis à Lui », se dit Edith. Avant la fin du voyage, aura-t-elle l'occasion de prononcer cette phrase devant Hannah, et Hannah saura-t-elle l'entendre ? Elle sait que, dans l'aventure de la foi, là où jaillissent les sources vives, elle s'est engagée en solitaire. Ce chemin-là conduit au silence et à la retraite. Elle le vit comme un don de Dieu. Et, en Dieu, elle vit dans un état de sérénité où les projets, ceux qui seront jetés à la mer, n'ont pas de place. Elle remet ses pensées entre les mains du Tout-Puissant et s'abandonne au destin qu'Il lui a choisi. Ce qu'elle est en train de vivre pourrait submerger son énergie spirituelle, anéantir ses forces, l'entraîner dans une spirale de détresse. Un tel état ne lui est pas inconnu.

À l'époque des fiançailles de Hans Lipps, le désespoir et la douleur l'avaient envahie. En Dieu, elle se sent aujourd'hui à l'abri de tout accablement. Elle accompagnera ceux qui l'entourent. Leur destin est le sien et elle le vivra en « soldat du Christ ». Non, face à Dieu, elle n'est pas impuissante.

Cette nouvelle évocation de Hans la ramène à ce dernier instant où ils se sont revus dans la maison de son amie Hedwig. À l'époque, elle enseignait à Spire et avait rejoint Hedwig pour quelques jours de congé.

Ce jour-là, Dieu l'a mise à l'épreuve : elle est déjà convertie et baptisée, mais n'a pas encore prononcé ses vœux. Veuf avec deux petites filles, Hans est revenu vers elle.

À son arrivée, Hedwig s'est effacée et les a laissés en tête à tête. Hans lui avoue que, malgré son mariage et la naissance de ses deux filles, la conversion d'Edith et son baptême, il n'a jamais cessé de penser à elle.

– Edith, vous avez toujours été mon étoile. Je n'ai pas su vous le dire...

Il explique que la guerre de 1914 a détourné le cours de leur histoire, il a été appelé, s'est battu et... s'est perdu.

– Je vous aime, Edith. Je promets de m'incliner devant votre fidélité à votre engagement religieux, fidélité qui ne vous empêche pas de vous marier.

Edith l'écoute, sereine. Et lui repart avec enthousiasme dans ses plans sur la comète. Ensemble, ils poursuivront leurs travaux philosophiques et il se battra, de tout son cœur, de toute son influence, pour qu'elle obtienne l'habilitation et puisse enseigner à l'université. Et si l'antisémitisme ne reflue pas, ils franchiront les frontières et les mers et s'installeront heureux sur un autre continent.

Pour Edith, l'épreuve de Dieu n'a pas été douloureuse. La folle passion des premières années de Göttingen s'est déplacée. Les projets de Hans ne la concernent plus. En l'écoutant, elle ne s'est même pas reconnue dans la femme à qui il s'adresse. Et l'idée lui vient, ce jour-là, que Dieu lui a ouvert les portes d'un autre univers où Hans ne pourra jamais accéder. Un Autre a bien mis pour toujours la main sur elle.

– Mon ultime ambition, Hans, est de devenir l'épouse du Christ-Dieu.

Piqué au vif, Hans parle de renoncement à la vie.

– Hans, ce n'est pas, de ma part, un renoncement aux amours d'ici-bas, mais un acquiescement à la plénitude.

Elle a prononcé cette phrase qu'il ne peut pas entendre. Elle s'efforce de lui expliquer que, quand on commence à vivre vers l'intérieur, et non vers l'extérieur, un monde infini s'ouvre d'une manière nouvelle. Comme une flamme tranquille, brûle en elle l'amour que le Seigneur a allumé. Elle se dit remplie d'ardeur et d'énergie depuis qu'elle a pris la décision de se donner à Dieu. Elle comprend la déception de Hans et son incompréhension. Cependant, il est impossible d'exprimer par des mots ce que cela signifie être à Dieu pour toujours.

Dans sa relation avec Hans, elle a été prisonnière de l'amour qu'elle lui portait. L'amour absolu voué à Dieu l'a délivrée de toutes les prisons dans lesquelles, trop longtemps, elle s'était elle-même enfermée.

De retour dans le salon, les mains chargées d'un plateau à thé et de pâtisseries, Hedwig les retrouve silencieux. Aussitôt, Hans prétexte que ses fillettes l'attendent pour s'esquiver afin de ne pas prolonger son supplice. En présence d'Hedwig, il formule un dernier vœu à l'adresse d'Edith : qu'elle n'abandonne jamais la philosophie. Le même vœu qu'avait prononcé, bien des années auparavant, Adolf Reinach, lorsque Edith, travaillant à la rédaction de sa thèse, traversait une période de grand désespoir.

Elle n'aura jamais trahi ce vœu.

Plusieurs caisses contenant livres et manuscrits l'ont précédée au Carmel de Cologne-Lindenthal. Deux ans après son entrée, alors qu'elle vient juste de terminer son noviciat et a dû rédiger des textes religieux, elle reprend ses recherches et met en chantier une grande œuvre, « son » œuvre qu'elle a toujours considérée comme essentielle.

Les premiers mois passés au Carmel, elle s'efforce de partager les travaux ménagers, comme ceux de la préparation de la cuisine. Et les sœurs qui l'entourent comprennent vite qu'elle n'est pas faite pour cela.

Ayant reçu de la prieure du Carmel le conseil de publier son essai déjà en chantier sur la doctrine thomiste de « l'acte et de la puissance », elle se lance dans une refonte du travail déjà effectué, et axe ses recherches sur l'ontologie du créé et de l'Absolu.

Elle fractionne donc son temps entre les longs moments d'intimité avec Dieu dans la chapelle et ceux, non moins longs, dans sa cellule, penchée sur ses livres et ses écrits. Ce travail représente pour elle ce qu'elle nomme dans sa correspondance à sa famille ou à ses amis, son « grand opus ». Elle le conçoit en une année et il s'annonce comme une sorte de synthèse de sa vie, de ses analyses des concepts élaborés par les philosophes grecs ou par saint Thomas d'Aquin et, plus tard, les contemporains, dont les phénoménologues, à la lumière de la révélation divine et de son aventure mystique qui, selon elle, apporte des réponses aux lacunes de sa propre raison.

Le manuscrit est prêt, elle en corrige les premières épreuves, attendues par son éditeur de Breslau. Et, soudain, dans la nuit du Nouvel An 1938, elle doit quitter Cologne pour les Pays-Bas afin de rejoindre le Carmel d'Echt, abandonnant dans cette fuite précipitée le manuscrit et ses corrections.

Elle se souvient avoir laissé des directives envoyées à l'éditeur et consigné dans son testament qu'un père de l'Église attaché à Breslau pourrait mettre au point le texte à partir de ses observations à elle. Mais la prieure du Carmel de Cologne-Lindenthal n'a-t-elle pas eu d'autres soucis que de s'occuper de son testament ? Et l'éditeur n'a-t-il pas été contraint d'oublier le manuscrit d'une philosophe juive ? Voilà comment les projets seront jetés à la mer.

Au Carmel d'Echt, elle participe dans la mesure de ses possibilités aux travaux de la communauté, mais commence à ordonner ses idées sur la « science de la Croix ». Longtemps, elle y a réfléchi sans se sentir vraiment prête. À Echt, les événements se précipitant, la prieure lui conseille de s'y mettre sans tarder. Et, sitôt au travail, Edith éprouve une grande satisfaction à analyser et commenter les ouvrages de saint Jean de la Croix. Elle s'efforce de montrer dans son texte comment sa passion de la connaissance de Dieu l'a conduite à cette œuvre spirituelle. Après quelques mois d'écriture, elle rédige une préface dans laquelle elle explique qu'à la lumière de son expérience de Carmélite et à celle de ses recherches sur la philosophie de la personne, elle a pu rendre accessible aux lecteurs l'œuvre du saint. Huit mois seront nécessaires pour achever ce qu'elle souhaite être un texte fondamental pour les chrétiens. Elle en confie la dactylographie à son amie Ruth, exilée chez les Ursulines de Venlo, après avoir été renvoyée du Carmel de Maastricht où elle était entrée et où elle n'avait pu prononcer ses vœux.

Edith se souvient encore des feuillets qui volent et se répandent sur le sol de sa cellule le jour où les SS sont entrés au Carmel d'Echt pour l'arrêter.

Son œuvre ne connaîtra pas la pérennité. Des flammes s'élèvent au-dessus de ses manuscrits qu'elle n'aura jamais vu publier. Les feuillets partent en fumée sous les hourras d'une foule de nazis. Et les images qui la traversent lui rappellent les tragiques événements vécus à Münster quelque temps avant son départ de l'Institut catholique.

De la fenêtre de son appartement, elle aperçoit un attroupement bruyant autour d'une colonne que des jeunes sont en train d'ériger, non loin de la cathédrale. D'autres s'emploient à écrire des noms sur la colonne. Elle ne voit pas lesquels mais, entendant leurs cris et leurs chants, elle comprend qu'il s'agit d'étudiants nazis et que les noms ne peuvent concerner que des juifs. Elle décide de sortir pour voir de plus près les inscriptions : ce sont les noms des auteurs de la littérature juive, dite ici « dégénérée ». Autour de la colonne, les jeunes troupes nazies montent la garde. Elle passe et ne s'attarde pas. Un soir, des flammes s'élèvent dans le ciel de Münster. Edith se précipite à sa fenêtre : ils ne brûlent pas seulement les titres et les noms, mais les livres, jetés dans un feu qui embrase la place de la cathédrale. Peu de temps auparavant, elle avait appris par un ami que les œuvres d'Einstein étaient, elles aussi, parties en fumée.

L'Allemagne, la nation tant aimée, sombre dans les ténèbres.

Dans *Mein Kampf*, qu'elle a lu parce que ses jeunes élèves s'y référaient sans cesse, elle a découvert les théories et pris conscience des projets de Hitler concernant les juifs, cette « anti-race », ces « sous-hommes ». Les projets de Hitler, eux, ne seront pas jetés à la mer, ils seront exécutés.

À cette violence, à cette image caricaturale des juifs renvoyée par la propagande nazie, elle a voulu répondre en écrivant ses propres souvenirs au sein de la famille Stein. Dans *Vie d'une famille juive* – autre texte qu'elle n'aura pas vu publier toujours à cause des interdits portant sur les œuvres des juifs –, elle raconte ses trente premières années à Breslau, dans la maison du 38, Michaelisstrasse, et s'efforce de mettre à l'honneur le travail, la compassion, le partage, la justice, la tolérance, les valeurs qui lui ont été enseignées.

Elle repense à Hans qui s'est enfui de chez Hedwig, déconcerté par son refus. Quelque temps plus tard, il se remariait.

Écouter la prodigieuse Thérèse d'Ávila et ne pas se soucier des choses d'ici-bas.

La nuit est avancée. La tension est telle, dans le wagon, que le sommeil n'est plus un besoin. À la pâle lueur d'une lune presque pleine, certains tentent de se déplacer vers la rangée de ceux qui sont assis, principalement les couples de vieux, et ne bougent plus. Heisenberg a fini par baisser la garde et laisse s'instaurer un certain désordre entre ceux qui n'ont plus la force de se lever et ceux qui espèrent s'asseoir. Ils ne parlent plus, ils grommellent ou murmurent, se bousculent sans réagir. Les femmes, regroupées autour d'Edith et de Susanna, ont instauré elles-mêmes leur propre discipline. La valise de la mère de William fait office de siège, deux d'entre elles peuvent s'asseoir dessus sans trop se gêner. Elles se cèdent la place et s'entraident quand surgit un problème, un malaise, des vomissements, une crise de nerfs ou de larmes. Elles sont de plus en plus débraillées et décoiffées. À l'exemple d'Edith, elles ont, les unes pour les autres, un geste, une parole, ou ne serait-ce qu'un simple sourire de compassion. De temps à autre, des bruits sourds perturbent le silence. On ne sait pas s'ils viennent de l'intérieur du wagon, ou bien de l'extérieur, des villages et des forêts qui bordent les rails et où frémit la nature, où des hommes, des femmes, des enfants vivent et s'aiment en toute liberté.

– À qui pourrons-nous raconter ce que nous sommes en train de subir ? dit Ruth, venue rejoindre Edith. Mes jambes ne me portent plus, je voudrais pouvoir m'asseoir un moment sur la valise.

– Si nous racontons, personne ne nous croira, répond Rosa.

– N'oublions pas, dit Edith, la torture que Jésus, notre frère juif, a vécu, les mains et les pieds cloués sur la croix, souffrant lui aussi de soif.

Elle a le sentiment d'être retournée à la vie de sacrifice, celle d'avant le Carmel, celle du dehors. Cloîtrée, tous les fardeaux lui étaient épargnés. Elle pouvait passer des journées entières, agenouillée, conversant avec le Très-Haut, sans être jamais fatiguée. Elle baignait dans une plénitude qu'auparavant elle n'avait jamais connue. Et quelques vers d'un poème, écrit pour Rosa à Echt, lui reviennent en mémoire.

« Toute ma vie gravite maintenant autour de l'autel :
Là se trouve le Soleil qui m'illumine et me guide,

Là me sont donnés en nourriture le pain et le vin.
Là palpite le cœur d'où coule à flots l'amour
Il m'enveloppe dans son jaillissement
Et ne cesse de m'attirer à lui avec puissance. »

Elle sait qu'elle ne reviendra plus au Carmel, ni à celui d'Echt, ni à celui de Cologne, ni ailleurs, dans une autre ville, un autre pays. Elle voudrait communiquer aux femmes qui l'entourent l'espérance acquise sur le chemin de la foi. Elles gagneraient en force. Elle, Edith, pourrait dire, comme saint Jean de la Croix : « Mon seul office désormais est seulement d'aimer. »

Ruth a raison. Il faudra raconter pour que le monde sache ce que Hitler a fait subir au peuple juif. À Westerbork, elle a parlé avec un représentant du Conseil juif du camp afin d'envoyer une lettre à la prieure du Carmel d'Echt. Elle espère que, à Auschwitz, elle aura la possibilité d'en rencontrer un et de pouvoir lui remettre une ou plusieurs correspondances.

Elle a été, dans un passé qui lui semble aujourd'hui bien lointain, une grande épistolière. Étudiante à Göttingen, enseignante à Spire ou à Münster, Carmélite à Cologne ou à Echt, chaque jour, il y a eu un correspondant à alimenter en nouvelles. Et les lettres sont parties là où il y a eu urgence. Elle a donné la priorité à sa famille, même dans les moments les plus conflictuels, notamment à Erna, sa presque jumelle, son amour, sa confidente.

Les larmes lui montent aux yeux à l'évocation de cette sœur avec laquelle elle aura partagé toutes ses pensées, ses projets, ses illusions, ses déceptions et son bonheur absolu rencontré au Carmel.

Le premier été à Göttingen, quelques mois avant la déclaration de la guerre, Erna et Hans Biberstein, déjà fiancés, l'ont rejointe. Tous deux viennent de terminer avec succès l'examen donnant accès aux études de médecine et souhaitent voyager ensemble. La famille s'y oppose, estimant qu'il n'est pas convenable de partir sans chaperon, elle finit par accepter l'offre d'Edith de les accueillir à Göttingen. Comme par le passé, dans la maison du 38, Michaelisstrasse, Erna et Edith partagent la même chambre, Hans étant hébergé chez un ami. Ce séjour inoubliable lui rappelle des moments de grande intimité passés avec sa sœur dans les massifs de la Weser et de la Leine, qu'elles ont tant aimé explorer.

Elle pense aux dernières lettres envoyées à sa famille avant la mort de leur mère – le 14 septembre 1936, le jour du renouvellement de ses vœux au Carmel de Cologne-Lindenthal –, et auxquelles Mme Stein n'a pas répondu, demeurant, malgré le temps et les événements politiques, sans aucune indulgence pour Edith, « perdue sur le chemin de Jésus ». Cette attitude sans concession de sa mère dissimule, croit-elle, bien des douleurs. Sa passion sans limites de l'Absolu l'a conduite à abandonner les sentiments d'ici-bas.

Dans les correspondances, tant à l'adresse de la famille Stein que de ses amis philosophes, ou encore aux amies du Trèfle à quatre feuilles, elle a fait part, toujours avec une grande honnêteté, de la crise intellectuelle et existentielle qu'elle a traversée. Roman Ingarden a été celui à qui elle s'est le plus souvent confiée, et ce n'était ni pour le culpabiliser de l'avoir repoussée, ni pour l'éblouir, ni même dans l'idée de se soulager de ses plaintes, simplement par détermination à dire la vérité, au risque de lui déplaire. Ainsi, quand elle a adhéré au tout jeune Parti démocrate allemand, avec un objectif précis – certains autour d'elle l'avaient taxée d'« idéaliste » –, s'engager pour sauver l'Allemagne du chaos dans lequel les suites de la guerre de 14-18 risquaient de l'entraîner, elle a pris aussi en charge la formation nécessaire des femmes pour les convaincre de participer à la vie politique et économique du pays en détresse, persuadée qu'elles pourraient jouer un rôle déterminant. Parallèlement, sur le plan professionnel, elle s'occupe de la publication des archives de Reinach, négocie avec les imprimeurs. Une folle activité qui la protège des idées noires, se souvient-elle avoir écrit à Roman, idées nourries par ses déceptions sentimentales, par ses doutes, aussi, à voir se relever son pays exsangue après la guerre. En retour, la sécheresse des brèves missives de Roman lui a fait répondre qu'elle trouve insupportable de recevoir, depuis leur sépara tion, des lettres creuses, qui ne disent rien de lui, parce qu'il écrit non par désir, mais par devoir. En revanche, elle a observé que Roman se montre plus prolixe quand il s'agit de partager des réflexions philosophiques ou de demander à Edith de corriger sa thèse d'habilitation. Il en a été de même pour Hans Lipps qui, lui, n'a toujours envoyé que des cartes postales.

Le plus fidèle des confidents, celui à qui elle a pu se livrer sans aucune gêne, et qui l'a aidée à franchir des caps douloureux, restera Fritz Kaufmann, pour lequel elle a toujours éprouvé une sincère amitié, et elle s'est vraiment réjouie de son mariage avec Luise Frankestein. Sa prise de voile n'a guère plu à son ami, mais elle lui a pardonné son intolérance.

Avec Hedwig, la teneur de la correspondance est différente. Elle ose lui avouer ses doutes intimes sur ses propres capacités, notamment à l'époque de l'écriture de la thèse, ou encore sa profonde déception quand elle a pris conscience que ni l'une ni l'autre, malgré leurs diplômes et leur réussite universitaire, n'appartiendraient jamais à ce qu'elles ont fini par appeler le « club des universitaires ». Enfin, c'est à Hedwig, cette marraine qui l'a souvent protégée, qu'elle a confié le bonheur immense rencontré au Carmel, cette joie de vivre qu'elle n'a jamais connue auparavant.

Comme les livres, les lettres seront brûlées. Il ne restera plus que des cendres de sa vie.

À l'extrémité du wagon, près de l'ouverture, Hannah ne quitte plus Wilfried. De temps à autre, elle allume la flamme d'un briquet pour constater l'avancement du travail, et la souffle aussitôt pour ne pas attirer l'attention sur elle. Quitter le wagon n'est plus qu'une question d'heures, ou peut-être moins, une question de chance aussi. Le train a multiplié les arrêts depuis le départ de Westerbork, elle s'enfuira au prochain. Wilfried la tiendra accroupie sur l'ouverture jusqu'à ce que la locomotive ralentisse, ensuite elle sautera avant qu'il ne soit complètement à l'arrêt.

Comment pourra-t-elle résister dans le climat actuel de chasse infernale aux juifs ? Elle préfère ne pas y penser. Elle se concentre sur l'évasion. Le désir de se colleter une dernière fois à Edith l'obsède aussi, pourtant elle hésite à s'éloigner de son poste de surveillance.

Gagnée comme tous, dans le wagon, par l'épuisement, Edith ne parvient plus à maîtriser le flot de sa mémoire. Elle la laisse errer dans le cimetière de ses souvenirs. Mais comment peut-elle penser à ses petits problèmes d'autrefois quand la mère de Rose porte un bébé mort, que celle de William n'atteindra pas le terme du voyage, que la commerçante s'est éteinte dans ses bras, sous le regard perdu d'Emmy et de Werner, que le nombre de personnes âgées a diminué de moitié, que Petrus, malgré son jeune âge, ne parvient plus à trouver la force de tenir la tinette, pleine à ras bord.

Le train ralentit maintenant, comme s'il allait à nouveau marquer un arrêt. Une main ferme se pose sur son épaule, puis dégage son voile, des lèvres baisent sa joue et elle entend chuchoter à son oreille : « Je mets ton Dieu à l'épreuve ! »

Quand elle se retourne, une petite silhouette se glisse dans l'obscurité et disparaît.

Elle est parvenue à s'agenouiller et reprend sa conversation avec Dieu. Elle le supplie d'apporter de l'aide à ses compagnons du wagon, à Hannah, en particulier ; elle, elle n'en a pas besoin, elle se sait dans Sa main. Son arrestation par les SS, puis ce terrible parcours, ont avancé l'heure de Le rejoindre et de vivre l'union nuptiale avec Lui. Le voyage dans le wagon de Westerbork à Auschwitz est peut-être le dernier épisode du plan divin. Elle n'oublie pas les paroles du Seigneur : « Celui qui veut me suivre, qu'il prenne sa croix. »

– Sœur Thérèse-Bénédicte... Sœur Thérèse-Bénédicte...

Elle était si près du Divin qu'elle n'a pas entendu Werner. Elle a tout juste le temps de se relever, le jeune homme lui tombe dans les bras. Comme les blessés qu'elle a soignés pendant la guerre de 14, lui aussi désormais est méconnaissable. Elle se souvient du garçon qui, d'une enjambée, était monté dans le camion, le regard encore vif et le teint hâlé par le soleil du mois d'août.

– Sœur Thérèse... Je préférerais mourir maintenant, comme les autres, dans le wagon. Regardez ce tas de cadavres qui s'élève toujours plus haut. J'ai peur de ce qui va arriver.

– Nous n'avons pas le choix, Werner. Le monde entier tomberait-il en ruine, nous ne tomberons pas avec Dieu comme appui.

– Si je pouvais en être sûr, dit le jeune homme d'une voix plaintive.

– Dieu est en toi, Werner. C'est à toi de le découvrir. Si tu priais, tu oublierais ta peur. La prière est comme un baume sur l'âme.

Dans un fracas, près de l'ouverture, la pile de valises s'est écroulée, Alice a été renversée, entraînant dans sa chute ses voisins accroupis. La religieuse qui l'accompagne l'aide à se relever dans un nuage de poussière que soulève son habit conventuel.

– Sœur Thérèse...

Wilfried est cramoisi, comme s'il avait pris un fort coup de soleil, son bleu est à tordre. Il halète tel un coureur de fond. À la main, il tient l'outil qui lui a permis de cisailler les barbelés.

– Je l'ai vue, elle s'est relevée du fossé dans lequel elle est tombée, et elle s'est mise à marcher en direction du champ... Hannah... Oui, Hannah, elle est sauvée, elle est...

Plusieurs salves de mitraillettes l'interrompent, suivies des vociférations des SS et des aboiements cruels des chiens.

Le train est reparti. Les tirs de mitraillettes n'en finissent pas de claquer dans le cerveau d'Edith avec, en arrière-fond, l'écho de la voix grêle d'Hannah : « Je mets à l'épreuve ton Dieu... Je mets à l'épreuve ton Dieu. » Wilfried n'est plus qu'un mort-vivant dont la belle chevelure blonde paraît grise maintenant. Il s'est agenouillé comme Edith et a joint ses mains puissantes dans lesquelles il sanglote.

À nouveau, la locomotive ralentit. Approchent-ils d'une gare de triage ou d'un aiguillage où il leur faudra encore attendre ? Interminables attentes. À chaque cahot, ils sont aspirés par une profonde angoisse.

– Sommes-nous à l'arrêt ? demande le grand-père d'Helen.

Susanna quitte sa place sur la valise de la mère de William et se fraye un passage jusqu'à l'ouverture.

– Oui, le train est arrêté, dit-elle.

Elle se penche pour tenter de distinguer, à travers le voile épais de la nuit, s'ils sont dans une gare ou en rase campagne.

– Nous sommes en rase campagne, dit-elle, au loin je vois une lumière briller à travers les arbres entourant une maison. J'aperçois la silhouette d'un homme. Il regarde passer le convoi.

– Vous auriez un papier à me donner ? Je vais écrire un billet que je jetterai par l'ouverture, on ne sait jamais... dit le grand-père.

Il allume la flamme d'un briquet en argent sur lequel figurent des initiales : EW.

– Moi aussi, j'aimerais bien faire passer un billet.

La mère de William ouvre le sac qu'elle a passé autour de son bras et qu'elle n'a pas quitté durant le voyage, et en tire un carnet auquel elle arrache une page, puis à nouveau elle cherche dans les poches et en sort un stylo.

– Vous pouvez approcher la flamme, monsieur, s'il vous plaît ?

– Vous me donnerez le billet, propose Susanna, et je le jetterai. Je ne veux pas que vous bougiez à cause du petit William.

William entrouvre des yeux éteints et les referme aussitôt.

– Que faut-il écrire ? questionne la mère de Rose. Moi aussi, Susanna, je voudrais que vous jetiez mon billet.

– « Le train se dirige vers Auschwitz, si vous trouvez ce billet, prévenez Eva Wolkestein », voilà ce que j'ai écrit, dit le grand-père. Mme Wolkestein est la mère d'Helen, ajoute-t-il.

– Alors, c'est à votre fille que vous voulez adresser ce billet, constate la mère de Rose.

L'homme ne répond pas. Tenant le briquet à la main, il s'efforce de maintenir la flamme. Dans le faisceau de lumière, ses yeux sont baignés de larmes. Il serre contre lui l'enfant dont le visage est exsangue.

– Votre fille a été arrêtée ? demande la mère de Rose.

– Ce n'était pas ma fille…

Il souffle sur la flamme et range le briquet dans la poche de sa veste, là où, au départ du train, se trouvait une pochette à pois.

– Eva… était ma collaboratrice… Je l'aimais à la folie, et ils l'ont emmenée et battue, dit-il, d'une voix étouffée, comme s'il se parlait à lui-même.

– Alors, Helen est…

La mère de Rose se tait. Elle se penche sur la feuille de papier et tente d'écrire dans le noir.

L'homme tend son billet à Susanna et ferme les yeux après les avoir essuyés avec un mouchoir de fil blanc brodé des mêmes initiales que le briquet et qu'il porte à ses lèvres avant de le ranger dans une poche intérieure de sa veste.

– Mais pourquoi j'écris ? dit soudain la mère de Rose, d'une voix éraillée. Je n'ai plus personne à prévenir : ma famille et mes enfants sont réfugiés à l'étranger, mon mari et mon frère ont été arrêtés. Je suis seule… avec Rose. Je vous le donne quand même, Susanna, ce billet.

Le train est immobile. Susanna attend le départ. Elle tient les papiers bien pliés dans la main et reste près de l'ouverture. Heisenberg et Herbert ont remis le tas de valises en ordre.

– Qu'est-ce qui s'est passé ici ? demande Heisenberg. Il faut cesser de faire du bruit. Ce n'est pas le moment d'attirer l'attention sur le wagon. Mais…

Soudain, il aperçoit l'ouverture sans les barbelés.

– Qui a fait ça ? questionne-t-il. Ils vont tous nous fusiller.

Il fouille du regard le wagon comme s'il cherchait quelqu'un.

– Où est passée la femme avec le chemisier rouge ? Que quelqu'un allume un briquet…

M. Müller tend une flamme vers Heisenberg.

– Vous, là, fait-il en direction d'Edith, la femme qui avait l'air de bien vous connaître et passait son temps à vouloir faire la révolution, où est-elle passée ? Je ne la vois plus.

Edith regarde autour d'elle.

– Je ne la vois pas.

– Alors... réfléchit-il, les tirs de mitraillettes, c'était ça !... Ils l'ont descendue... Ça devrait calmer les appétits d'évasion, ajoute-t-il, élevant la voix pour se faire entendre. Maintenant qu'il n'y a plus les barbelés, il faut cacher l'ouverture avec des valises pour que les SS ne la voient pas quand ils déverrouilleront la porte. Bougez-vous... Oui, vous, la dame en blanc... Et portez votre valise sur le tas.

La mère de William et Ruth se lèvent avec peine de ce qui leur servait de siège, et Wilfried se charge d'emmener la valise là où Heisenberg l'a demandé. Quand il revient, il reprend sa place auprès d'Edith et des femmes qui, désormais, vont devoir se tenir debout. Le seul endroit où l'on puisse s'asseoir reste la tinette, prise d'assaut.

Le train s'ébranle enfin. Susanna s'est éloignée de l'ouverture au moment où Heisenberg s'en est rapproché. Elle y retourne, tenant toujours les billets dans sa main, suivie de Herbert et de Wilfried qui lui ont proposé de l'aider. Ils ont bien du mal à se glisser entre leurs compagnons de voyage, peu décidés à leur céder le passage. Quand ils parviennent au but, Susanna confie à Wilfried, le plus grand des deux hommes, le soin de jeter les billets au-dehors. L'homme regarde les papiers s'envoler au-delà des rails, emportés par une brise légère. Il résiste à l'inconfort et au déséquilibre de sa position pour éviter de faire tomber les valises et respirer le souffle tiède de l'air.

– Venez, dit Susanna à Wilfried. Il ne faut pas rester près de l'ouverture, nous risquons d'attirer l'attention de Heisenberg.

Herbert entraîne son collègue, hésitant et abattu, le visage décomposé, vers l'autre extrémité, là où il doit surveiller le remplissage de la tinette et l'empilement des cadavres. Petrus et Werner, toujours suivi d'Emmy, se sont rapprochés l'un de l'autre par une sympathie d'âge et, pendant l'arrêt prolongé, ils ont entamé une conversation. La parole reste leur meilleur moyen de défense. Une parole, désormais, à mi-voix. Seul, Heisenberg continue de parler tout haut. Les deux garçons ne sont plus que l'ombre d'eux-mêmes. Leurs jambes vulnérables ne leur permettent plus de se tenir debout, ils se sont assis en tailleur, les genoux ramenés contre la poitrine. Près d'eux, Emmy geint sans cesse : « J'ai soif. » Ses lèvres sèches sont coupées par endroits. Il s'agrippe à la manche de chemise de Werner, comme s'il s'agissait de son grand frère.

Dans le coin où sont rassemblées les femmes et les religieuses, la mère de Rose, de plus en plus livide, imite Edith, ferme les yeux et joint les mains, tandis que la petite Rose accrochée à sa jambe pousse des cris plaintifs, étouffés, déchirants.

– Sœur Thérèse-Bénédicte, comme vous je voudrais entrer en conversation avec Dieu, chuchote-t-elle. Je voudrais lui annoncer que je donne ma vie contre celle de ma petite Rose, parce que je veux que ma fille vive. Donnez-moi un conseil, j'accepterai mieux le sort qui m'attend.

– « Celui qui veut être mon disciple, qu'il renonce à lui-même, qu'il prenne sa croix et me suive. » Telles sont les paroles du prophète Isaïe, répond Edith. La main de Dieu est grande. Il n'exclura aucun d'entre nous, ajoute-t-elle. Toute âme humaine est en elle-même un peuple de Dieu. Déposez tous vos soucis dans sa main, laissez-vous conduire par lui comme une enfant, vous serez sûre alors que vous ne vous tromperez pas de chemin. Il vous tiendra lieu de guide vers la place qu'il vous destine.

Du fond du wagon s'élève une rumeur qui s'amplifie. Les hommes ont entonné un chant religieux, impétueux et poignant, qui les réveille et les enflamme. On aurait dit des demi-morts ou des demi-fous, dans une sorte d'acceptation tacite de leur sort, et voilà soudain qu'ils se redressent comme des colonnes vivantes, et, pour quelques minutes, l'espoir renaît dans leurs yeux et sur leurs lèvres. Ceux qui sont accroupis aident leurs vieux compagnons assis à se relever pour se mêler au chant. Secouée de frissons, le cœur battant, la mère de

Rose se met à chanter à son tour et entraîne les autres femmes à se joindre aux voix de leurs compagnons. Elles reprennent les paroles entendues, depuis leur enfance, à la synagogue, lors des cérémonies.

Edith, elle-même, se laisse emporter par le chant. Elle se tient auprès de sa mère et de ses frères et sœurs, endimanchés, les filles en blanc, les garçons en sombre, tous impeccables, dans la synagogue pleine à craquer. Des voisins, des amis, y sont rassemblés, dans la foi et la prière. Mme Stein est recueillie, elle n'en garde pas moins un œil vigilant sur ses enfants. Elle tient serré sur le cœur son Hanna, qui ne la quitte jamais, ce livre de prières et de méditations, sur la première page duquel est inscrit son nom en lettres calligraphiées. Edith le recevra en héritage de la part de ses sœurs. Elle l'a posé sur la table de sa cellule à Echt, auprès des feuillets du manuscrit de *La Science de la Croix*.

Comme le reste, le Hanna de Mme Stein sera brûlé.

Alors, elle chante avec eux : *Adonaï Elohaï, Adonaï Elohaï...*

Tandis qu'ils continuent de psalmodier, Edith tombe à genoux et prie.

Cette nuit de la révélation, en juin 1923, à Bad Bergzabern, à travers les pensées de Thérèse d'Ávila, elle est passée de l'autre côté du miroir, de la vie d'« ici-bas », où règne la confusion des sentiments, à la vie d'« au-delà », où règne, dans l'union nuptiale avec le Christ, l'amour éternel. Les mots de Thérèse, et, plus tard, ceux de saint Jean de la Croix, ne l'ont pas mise seulement sur le chemin de la conversion, ils ont bouleversé son paysage intérieur. La prière est devenue source de création, moteur d'énergie et lieu de passage de l'indispensable et inépuisable voyage intérieur avant de gravir le sommet de la montagne où brille la lumière éternelle. L'appel reçu ne suffit pas pour y parvenir. Edith le sait depuis le premier jour. Dieu se donne et reprend, met à l'épreuve. Il est un guide sur le chemin de la perfection spirituelle. « Si nous cherchons sans cesse à ramener notre regard dans Sa direction, comme l'aiguille du compas, c'est déjà beaucoup », se souvient-elle d'avoir écrit à Alice, à l'époque jeune postulante. Le regard d'Edith n'a jamais dévié. Celui d'Alice non plus.

La nuit a été interminable et meurtrière. Avant de participer à la chorale improvisée, Herbert et Heisenberg ont empilé quelques cadavres supplémentaires. Dehors, l'horizon blanchit sous les premières lueurs du soleil levant. Une fumée traîne dans le fond du ciel qui apparaît à travers l'interstice de l'ouverture, dissimulée aux trois quarts par la montagne de valises.

Le train ralentit et commence à manœuvrer. Le chant s'interrompt brusquement, remplacé par un long et inquiétant silence, durant lequel Edith a le sentiment que ses compagnons d'infortune attendent qu'il se passe quelque chose. Une odeur âcre, portée par le vent d'été, pénètre à l'intérieur et se mêle à la puanteur du wagon. Des cris, des hurlements, des aboiements de chiens leur parviennent. Les portes des wagons qui précèdent le leur viennent de s'ouvrir. Ils se tiennent tous debout, face à la porte, avec en tête une obsession exclusive qui atténue la peur : boire.

Dans un terrible crissement, la porte est déverrouillée. La lumière du jour est encore faible, pourtant elle les aveugle. Des SS en uniforme vert, d'autres en noir, tous armés, accompagnés de chiens, hurlent des ordres incompréhensibles pour ceux qui ne parlent pas l'allemand. Au-delà de la rangée des SS, une fumée épaisse menace le ciel du mois d'août. Des hommes, vêtus d'une tenue rayée et d'un calot sur la tête, forment une colonne le long des barbelés.

Heisenberg s'est glissé au premier rang, auprès d'Edith qui se tient, droite, devant ses compagnons, comme un rempart pour son peuple.

Les projets ne seront pas jetés à la mer, ils partiront en fumée.

Du même auteur

ROMANS

Au diable vauvert
Flammarion, 1988
et Points, n° P2419

Le Maître d'amour
Flammarion, 1990
et Points, n° P2188

La femme qui aimait les hommes
Albin Michel, 1992

Graines de femmes
Albin Michel, 1995
et Le Livre de Poche, n° 14352

La Tragédie du bonheur
Albin Michel, 1998

La Chambre d'amour
Albin Michel, 1999

La mère qui voulait être femme
Seuil, 2008
et Points, n° P2187

La Sibylline
Seuil, 2010

RÉCITS

Chambre à part
Albin Michel, 2002
et Le Livre de Poche, n° 30228

Georges, si tu savais
Seuil, 2011

ESSAIS

Des femmes dans le monde
(collectif)
Éditions sociales, 1982

L'Adoption, une autre naissance
Bernard Barrault, 1982

Lettre ouverte aux hommes qui n'ont toujours rien compris aux femmes
Albin Michel, 1993

Si tu veux maigrir, mange !
Albin Michel, 2000
et Le Livre de Poche, n° 15283

Nous serons toujours jeunes et beaux
Albin Michel, 2001
et Le Livre de Poche, n° 30228

Manger pour vivre ?
(dirigé par Pierre Fédida et Dominique Lecourt)
PUF, 2002

L'Ivresse de vivre
Albin Michel, 2004

CONTES

Dis maman, y a pas de dames dans l'histoire ?
La Farandole, 1982

Les Sorcières du Boisjoli
Hatier, 1986

La Divine Sieste de papa, I et II
La Farandole, 1986

RÉALISATION : IGS-CP À L'ISLE-D'ESPAGNAC
IMPRESSION : CPI FIRMIN DIDOT AU MESNIL-SUR-L'ESTRÉE
DÉPÔT LÉGAL : FÉVRIER 2014. N° 112142 (121197)
IMPRIMÉ EN FRANCE